Diether Dehm

Die Seilschaft

Diether Dehm

Die Seilschaft

SBV

ISBN 3-935530-35-8

Badeweg 1, D-04435 Schkeuditz

Satz: Waltraud Willms

Druck und buchbinderische Verarbeitung: GNN Verlag Schkeuditz

Inhalt

Vorwort
7

Dunkelheitseinbruch
9

Aufarbeitung
15

Nebelstochern
22

Im Hinterzimmer
41

Mehrheiten
48

Am Treppenaufgang
50

Kundschaften
61

Einsatzgebiet
73

Realpolitik
78

Der Countdown läuft
83

Die Handschrift
91

Der Bogen
109

Vorwort

Politiker können üblicherweise nicht schreiben, schon gar nicht über die Winkelzüge, mit denen sie sich so leicht bewegen. Weltverbesserer ändern pathetisch die Tonlage und finden sich trotzdem nicht zurecht in der Welt der Entscheidungen. Und Künstler überschätzen die Kraft ihres Erfindens, das sich gegen das Einerlei ihrer Alltage stemmt.

Jeder treibt seins – bleibt bei seinem Leisten.

So die Standesregel.

Diether Dehm ist Schriftsteller, Manager, Liedertexter, Essayist, Politiker und ein überzeugter Sozialist. Überzeugt davon, dass unsere, die kapitalistische Weltordnung uns gründlich prägt – vom morgendlichen Styling bis zur Träumerei unterm besternten Himmelszelt. Wer diese Weltordnung ablösen will, muss sie nachvollziehen. Wer sie verstehen will, muss die kleinen, unauffälligen Grundregeln aufspüren, die das System am Laufen halten, die »Trojaner«, die einen dazu bringen, an die eigene Autonomie zu glauben. So wird der Politiker, Weltverbesserer und Tatmensch zum Beobachter und Protokollanten der scheinbaren Gründe – bei sich selbst, bei anderen – und dadurch zum Maître de Plaisir, zum Spielmeister.

Wer das Spiel zu durchschauen versucht, stellt sich außerhalb.

»Jede Gesellschaft verströmt ihre Witterung, wer gejagt werden darf.«

Ein Geschenk, wer das trotzdem als ein Spiel zu beschreiben (oder sogar: zu betreiben) vermag, dies ›wer – wen‹.

»Die Seilschaft« von Diether Dehm ist ein altmodisch modernes Buch, weil es darin nichts »Eigentliches‹, in den Charakteren keinen (guten oder schlechten) ›Kern‹ und nirgends eine Seins-Fiktion gibt. Darin ›un-deutscher‹ als all die Rechtsradikalismus-Verschreier aus »taz« und »antifa«. Klüger als nachgeborene Totalitarismus-Ankläger. Der Zugriff des Gesellschaftlichen, des von

Menschen für Menschen (und gegen sie) Hingestellten kommt hier ganz systematisch, in allen Gesten vor. Leise und total selbstverständlich.

Ja, die Robin Hoods waren gestern noch Schergen.

Oder sind wir hier einer Fehlinformation auf den Leim gegangen?

»Der Fahrradreifen muss auf große Distanz gehen zur Straßenbahnschiene. Warum? Weil sie der liebe Gott so ähnlich gemacht hat.«

»Die Seilschaft« ist auch ein witziges Buch und ein Krimi.

Ein Schwank aus der Möchtegern-Gründerzeit im Jahre zehn deutscher Einheit. Scheinheiligkeit auf allen Seiten. Ich wünsche es jedem, der geglaubt hat, der Umgang mit den ›Stasi-Tätern‹ hätte irgendwas mit Aufklärungsbedürfnis, Fairness oder gar Gerechtigkeit zu tun. Jedem, der die Presse für frei hält. Oder das Justizwesen für unabhängig. Jedem, der an so was wie einen ›guten Kern des Sozialwesens Mensch‹ glaubt, aber auch. Also den meisten in Ost und West. Auf die Gabentische damit!

»Es sind herzoffen grüßende Leute so leicht hinters Licht zu führen … Ja. Aber auch: Nein. Sie sind immer für Überraschungen gut …«

Dunkelheitseinbruch

Die wochenlange Gleichgültigkeit gegenüber den blonden, vom Haaransatz hoch gedunkelten Strähnen verstärkte die Niedergeschlagenheit, war längst nicht nur deren Ausdruck. Die Zähne putzte sie sich immerhin noch regelmäßig. Nun sah sie wieder im Spiegel die »treuherzigen« Grübchen und die hohen Backenknochen, »irgendwie mongolisch«, wie das der Pfarrer benannt hatte. Typisch Wessi! Dann setzte sie sich auf den Badewannenrand und betrachtete die Bodenplatten. Eine war zersprungen. Irgendwas ganz Schweres musste mal drauf gefallen sein.

Sie dachte an das Boccia beim Friedensfest. Im Sommer, nein, September war es schon. Der Himmel war noch grell, aus den Kastanienkronen hingen die straffen Lamettafäden der Sonne. Und Friedenstauben allüberall. Die Leute umarmten sich zum Abschied, wenn sie gerade einmal zehn Minuten miteinander gesprochen hatten. Durch den Springbrunnen auf der Parkwiese prügelten sich kreischende Kinder, während zwei Althippies mit Kugelbäuchen unterm Springsteen-Schlapper-Shirt aufpassten, dass keines dabei ertrank.

Einer von den beiden sah sie dann irgendwann später beim Kuchenservieren und nannte sie »Pippi Langstrumpf«: »Eh, Pippi Langstrumpf, was machst du denn hier?« Und später: »Fräulein Langstrumpf, gehören Sie nicht in die Villa Kunterbunt?« Aber für so einen hatte sie sich nicht die extragrelle, lila Tusche auf die Wimpern und das feine Orange in die Wangenbuchten gelegt. Und eigentlich: von Pippi-Langstrumpf hatte sie von Natur gar nix. Auch war ihr Haar kastanienbraun. Allenfalls wenige, zarte Sommersprossen um die Nase. Und noch auf den Brüsten ein paar, aber die gingen nur sie etwas an. Die Brüste waren schön rund und nicht zu klein und die Warzen sahen richtig aus wie Knospen, besonders, wenn sie zwischen Daumen und Zeigefingern waren.

Aber der Langstrumpf-Effekt musste etwas mit ihrem Lachen zu tun haben, denn er kam nicht zum ersten Mal. »Dann kullern deine Brombeeraugen derart über deiner Puppenstupsnase«, das war eine vom Pfarrer vor der Anmach-Zeit, »dass man von deiner Fröhlichkeit richtiggehend mitgezogen wird, als wenn die Sonne plötzlich durch die Regenwolken kommt.« Und dann hatte er genießerisch Luft geholt: »Und dann blitzen deine Eckzähne auch noch wie ... bei einem kleinen Wölfchen.« Das hatte sie damals doch auch geärgert. Heute fehlten ihr Worte wie diese. Und überhaupt: sie wäre gerne zurück in den Sommer.

Jetzt lag Blei auf ihrem Zwerchfell. Jeden Tag, wenn sie sich einen Moment lang mal nicht ablenken konnte. Nachts, gegen 3 Uhr, gegen 5 oder 6 Uhr auch, manchmal jede Stunde. Wo mochte er gerade sein, was hatte er noch an Zuversicht? War sie noch ein Halt für ihn? Saarow war ein verwunschener Wald geworden. Voller Wölfe, Fallensteller und geifernder Stimmen. Einzelne können sich Liebe entziehen. Die persönlichen Auswirkungen von so was war ihr als Täterin wie als Opfer geläufig. Wenn aber die gesamte gesellschaftliche Umgebung jemand Einzelnem die Liebe entzieht, verläuft das wie Leichenstarre über die Blutkörperchen bis in die Nervenenden, fortschreitend dem Hirn selbst kleinste Abläufe entwindend. Die Hände werden fahrig, richten immer neue Unfälle an, und lagern den einen Ärger betäubend über den anderen Schmerz. Eine solche Fäulnis war jetzt in ihr. Und ein Aussatz: Auf dem Pieskower Mittwochsmarkt sammelten sich raunend Krumm- um Gradgewachsene, vergrößerten sich zu einem Pulk aus gifttriefenden Mündern, bösen Augenschlitzen und strafenden Blicken. Jeweils dann fühlte sie sich vor aller Welt ausgedeutet. Telefongespräche waren karger und kürzer geworden in letzter Zeit. Der Bäcker von schräg gegenüber reichte ihr die Brötchen nicht mehr über die Ladentheke, um ja den direkten Blick zu vermeiden. Solch ein Geächtetsein wird zum Dahinsiechen. Wie konnten je Leute behaupten, die Seele sei etwas Jenseitiges, wenn der Entzug von Geborgenheit das warme Blut aus den Fingerkuppen saugt. Wenn derart die Gesellschaft auf ein geheimes Zeichen hin Liebe entzieht.

Nebenbei und eben noch gerade hatte sie sich schwerfällig vor dem Spiegel ihren Blusenkragen oben aus dem Pullover herausgezupft, dann im Flur die verknautschte Hängetasche mit den zwei Aktenordnern von den schwieligen, mattgeschabten Holzdielen gezerrt und die Wohnungstür hinter sich zugeknallt. Aber dann Fröhlich-die-Treppe-Runterspringen? So was war lang her. Seit Wochen achtete sie auf Bein, Schritt und Tritt wie auf fremdes Gebälk, war ihr die Störung bis in alle Motorik gezogen.

Die Bilder, die warmen und guten aus dem Sommer, drängten sich unter die garstigen aus dem verwunschenen Geisterwald von jetzt. Traum und Sorge schwammen ziellos ineinander zu einem pochenden »Warum bloß?«. Warum hatten die gleichen Leute bis eben noch so von Saarow geprahlt, gerade wenn von der kleinen Initiative, ihren Mahnwachen, Infoständen und Sumpfwanderungen die Rede war? In der »Superillu« war die Verhinderung des sechs Kilometer langen Straßenstücks als »das Symbol eines heimatlichen Widerstands gegen Wessi-Protz« gepriesen worden. Warum hatten sie bis gestern Gert noch wie einen Heiligen verehrt, als die Pilger von überall her kamen, wunderliche ältere Frauen mit lila Pace-Halstüchern, Jünglinge mit Rastalocken, Che-Guevara-T-Shirts und »alternativen Reiseführern von Saarow«, Ost-Touris, die sich zwischen der Kirche und dem Seebad noch aus DDR-Zeiten bestens auskannten? Warum konnte das alles so schnell wie ausgewechselt sein, die freundlichen Wirte, die an den Tischen geduldig das Naherholungsgebiet erläuterten, das »wir hier gerade verteidigen«. Die Rentner, die sich am Straßenrand darum rissen, den Weg zum Gorkihaus, »das gar nicht das eigentliche Gorkihaus ist«, erklären zu dürfen, die Polizeibeamten, die sich den Polittouristen stolz als »heimatlichen Widerstand« präsentierten? Warum war das alles so, dass die Stimmung nun derart gegen Gert gekippt war, vom Hosianna ins »Kreuziget ihn«?

Warum bloß sind herzoffen grüßende Leute so leicht hinters Licht zu führen, dass sie jetzt nur noch kurz nickten, aus eingekniffenen Schlitzen, misstrauisch und verstockt? Warum bloß huldigten sie jetzt einem Boris Becker und einem Jack White, die doch für das kaltherzige Gegenteil ihrer Lebensentwürfe standen? Und sie erschrak, als sie sich selbst halblaut »warum?« raunen gehört hatte beim gedankenlosen Tischdeckenglattziehen und Kisseneinknicken. »So weit ist es, bald schwätz' ich vor mich hin auf der Straße, merk's nicht mal mehr, wie eine Oma.« Gerade hatte es ihr leid getan, die Katze weggegeben zu haben. Nun kam ihr die Hauseingangstür besonders schwergängig vor. Eine von vielen unerledigten Vermieterpflichten. Die Werbeprospekte, mit dem verschmierten Schmutzabdruck von Sohlenmustern drauf, lagen verstreut. Von den überquellenden Mülleimern bis auf den Treppenaufsatz der Toreinfahrt, wo sie in der Zugluft bebten. Sie ließ die Lederjacke offen. Sollte sie sich doch erkälten. Außerdem war's ja nicht weit zum Auto.

Aber dann, auf dem Bürgersteig erwachte sie jäh. Neben dem zerbeulten, schief und leer gehauenen Kaugummiautomaten, vor dem ramponierten Rollladen aus zerbrochenem und schlaff danieder hängendem Holzgerippe, dem einstigen Minisexshop, einer Endmoräne aus kleinunternehmerischen Wendeillusionen, wankten zwei Figuren auf hoch geschnürtem Stiefelwerk, schwarz und schweigend, wie auf Briketts genagelte Ruten. Der eine pyknisch, mit wenigen, wirr verklebten Haaren. Vielleicht Anfang dreißig, unförmig stramm in dunkelbraunes, brüchiges Leder gepresst. Ums Doppelkinn struppige Barthaarflecken wie eine zerzauste Klobürste. Und daraus flackerten irgendwoher ein Paar Äuglein keck zu ihr hinüber. Mit circa zwei gestreckten Metern in schwarzer, stahlbeschlagener Kluft, kahlköpfig, wog der andere auf halboffener Hand, wie eine Granate, eine Flasche Wernesgrüner.

»Stasihure« – das schoss ihr direkt in den Magen. Unwillkürlich verließ sie den Gehsteig. Die schwankenden Ruten verstellten ihr sofort die Bahn. Eine blaubraune Korkenhaut mit tiefroten Pusteln um die narbige Runkelnase war auf einmal wenige Zentimeter vor ihr und hauchte ihr faulig warmen Dampf aus verkohlten Zahnruinen ins Gesicht: »Fidschifotze, Stasihure … uns machste nix vor!« Der pyknische Ledermann trat Nadja mit dem Stiefel in den Bauch. Sie japste nach Luft, sprang dennoch zur Seite und wehrte mit dem Arm ab. »Hey, mach meinen Kumpel nicht an!«, lachte der Lange kreischend, »den kriegste nicht hier weggejagt, wie du den Boris und seine Kohle weggejagt hast und unsere Arbeitsplätze.« Er schlug ihr mit der Faust auf den Hinterkopf, rammte sie von links und riss sie am Ärmel aus dem Gleichgewicht. Sie stürzte hin. Ihr schoss das Hotel Eden in den Kopf, so musste sich Rosa zuletzt gefühlt haben. Aber dann, trotz Schmerzen und der Angst, musste sie über diese anmaßende Gleichsetzung schmunzeln.

Alles das war in einem einzigen Moment geschehen. Dann geschah das, was sie später noch mehrfach versuchte, zurückzuspulen aus der stockenden Bildfolge in ihrem Gedächtnis. Irgendwo auf der gegenüberliegenden Straßenseite klatschten Wagentüren zu und drei Gestalten mit hellen Anoraks, liefen auf die zwei Ledertypen zu, traten zielgenau in eine Kniekehle und versetzten wenige präzise Faustschläge. Die Bierflasche zersplitterte, der schwarzlederne Zweimetermann lag kurz darauf keuchend auf dem Bauch, keuchte, als würde er sich erbrechen, sein Arm hing fest auf den Rücken gewinkelt in einem hellen Anorak, während der Kleinere nur noch mit den paar Haaren aus dem Schwitzkasten des anderen Anorakmanns lugte. Der sprach dem verklebten Schopf sanft zu: »Nie wieder will ich dich hier seh'n, nie wieder. Verstanden?«

Der Lange in der Bauchlage jaulte laut auf, weil ihm der Armwinkel noch spitzer geworden war. »Pass auf, der Typ hat 'ne Knarre, der hat ja 'ne Knarre«, presste der Kleine hervor. Als ob es da noch irgendeinen Ermessensspielraum geben würde.

»Wir haun ab, wir haun ja schon ab.«

»Und kommt nie wieder hier her, ja?«

»Nee, nee ... echt nicht«, japste der Lange.

Gelassen klopften sich die Männer nun die Blätter von Hose und Anorak und sahen den beiden zwischen den Sträuchern fortschlurfenden Ledergestalten hinterher.

»Wir müssen doch die Polizei holen?« Nadjas Stimme zitterte.

»Wo war die denn jrade? Nee, nee, dat rejelt sich anders ...«

Im Wegschlendern hob einer den Zeigefinger: »Deinen Wartburg, Kin'chen, den lässte ma' hübsch steh'n. Lass dir erst ma wieder die Radschrau'm festzieh'n.«

Dann waren sie in ihrem Auto und ihr fiel ein, dass sie nicht mal »Danke!« gesagt hatte. Hinter verschlossenen Augen ließ sie später diese Szenen immer wieder ablaufen, versuchte Verbindungen herzustellen. Nicht mal die Gesichter hatte sie sich gemerkt.

Die Radmuttern waren völlig herausgedreht. Aber dann kam ihr in den Sinn, wie abseits ihr Auto da im Halbdunkel unter der tief hängenden Baumgruppe am Rand des menschenleeren Parks gestanden hatte und dass doch die Möchtegern-Skins sie dort hätten viel besser abfangen können, als vor dem Wohnhaus, am Automaten. Also hatten sie von ihrem Parkplatz möglicherweise gar nichts gewusst. Nein, also die konnten das mit den Radmuttern nicht gewesen sein. Wer aber war es dann, der ihr einen Unfall hatte beibringen wollen? Oder waren die Glatzen vielleicht von derselben einen Stelle aus gesteuert, die auch an ihrem Auto manipuliert hatte? Oder war das Ganze nur eine Einschüchterung und die Retter gehörten mit zu dem Szenario? Immerhin mussten sie ja vom Auto aus einige Sekunden lang den Angriff mit angesehen haben. Ihr wurde unheimlich zumute. Immer und immer wieder besann sie sich zurück auf diese schrecklichen Wochen, wog andere Filmsequenzen aus dieser jüngsten und dunkelsten Zeit ihres Lebens hin und her, spekulierte, schüttelte den Kopf, weil sie doch zu keiner Schlussfolgerung gelangte. Wie gegen wunde Wände pochte das Pendel in ihrem Magen, pumpte Druck hoch zwischen pressende Schläfen, wo es in ein dünnes Pfeifen im linken Ohr überging. Immer öfter in diesen Tagen und vor allem den bleiernen Nächten griff sie nach Schlaftabletten, nahm aber dann doch nur eine halbe. Nun entschied sie sich für ein Taxi zu Pierre, das Vergangene noch einmal zu durchforsten und gemeinsam eine Lichtspur durch den zurückliegenden, schwarzen Geisterwald zu finden.

Aufarbeitung

Am Anfang der Erinnerung war der kleine Gemeindesaal, damals, als alles noch so viel versprechend aussah. Die milchig ausgebleichte Blümchen-Tapete, die beigen Tischplatten mit ihren verkratzten Blechfüßen, das zusammengewürfelte Tassen- und Bechersortiment und das Rauchverbots-Schild.

Sie dachte daran, wie Pierre, den sie » PC-Catwiesel« nannten, über seine frische Zeitung in dieses Ensemble hinein gerufen hatte: »Die MAZ hat 63 Prozent im Kreis gemessen, die dagegen sind.« Und dann sie, wie sie daraufhin aufgetrumpft hatte: »Und das baut sich ja noch aus.«

Nadja trug knallige Farben, wo andere mit grauer Sauertöpfischkeit, Sandalen, denen der Geruch von Kraut anhaftete, ökologische Enthaltsamkeit vor sich hertrugen. Nadja stimmte Lippenstift- und Pulloverfarbe aufeinander ab und machte sich nichts aus dem Gerede, was aus ihrem lauten Lachen hinter dem Rücken werden könnte.

Seit dem Amtsantritt des Gemeindepfarrers war zudem die Zahl von Frauen aller Alterskategorien im Gottesdienst sprunghaft angestiegen. Ein Teil von ihnen saß dann auch, als er deren Sprecher wurde, in der Bürgerinitiative. Und dann verliebte sich Nadja in den Pfarrer. In seine Bedächtigkeit, in seinen Witz, mit Bibelzitaten umzugehen, das Buch Salomon als den »Prototyp von Pornoroman« zu bezeichnen und schmunzelnd daraus zu zitieren. Und in seine moralische Betrachtung weltlicher Dinge, etwa in einer Predigt die Tempelreinigung Jesu gegen die Billion Dollar zu reklamieren, die »täglich in spekulativer Absicht den Erdball umkreisen«.

Schon im Anfang seiner Amtszeit kamen selbst von den Konfirmierten viele wieder ins Gemeindehaus. Das lag vor allem am »AK Psychoanalyse«, aber auch für einige Jungs daran, dass da Nadja immer zu treffen war. Pfarrer Sulima zäumte die menschliche Seele über die Weltliteratur auf. Am Anfang stand »Der Club der toten Dichter« als Video und anschließend, bei Rotwein, einem riesigen Parmesan und Weißbrotstangen, ging er auf Anwesende und ihre Fragen ein.

»Ich finde mich zu spontan, wenn ich schreibe, Herr Pfarrer«, hatte Nadja wie einen plötzlichen Lotteriegewinn verkündet.

»Das finde ich nicht gerade, aber du redest zu schnell, Lady. Sprechen ist nicht einfach nur gesprochenes Denken. Bei Shakespeare steht: Ich habe das Wort vergessen und körperlos taumelt der Gedanke zurück ins Prunkgemach der Schatten. Der Gedanke verdeutlicht sich erst im Wort. Das hat der Mensch vor allen Tieren: einen sprachfähigen Kiefer. Aber das Wort ist noch nicht die höchste Form. Aus Sprechen wird Handeln. Und das Nadelör dazwischen ist die Entscheidung. Würde aus jedem Gedanken gleich Praxis, würden wir wahrscheinlich gar nix tun oder unsere Handlungen würden einander aufheben. Also nutzt euer Denken zum ausgiebigen Miteinandersprechen. Und dann entscheidet, schnell und gründlich.«

Diese Art von Vorträgen waren ja manchmal ganz nett. Aber eigentlich wollte Nadja von ihm viel mehr über Nadja hören.

Der Pfarrer hatte dunkelbraune Haare mit Grauschimmer, dunkle Augen und einen dunklen Teint und lebte in Scheidung. Weshalb von hinter den Nachbargardinen stechende Blicke das Pfarrhaus rund um die Uhr im Visier hielten. So hatte er sich vorgenommen, erst dann auf Nadjas Koketterien einzugehen, wenn er ein endgültiges Urteil über seine Zukunft haben würde. Ein Abenteuer wäre er gerne eingegangen. Aber nicht zwischen diesen niedrigen Häusern.

Sie war so viel jünger als er, so viel quirliger und so viel unbeständiger. Er wollte sich, was auch Tolstoi als Training empfahl, »selbst im Zaum halten«, genoss dabei das Umdreh'n des Mann-Frau-Spießes, hielt Nadja in spannungsreicher Distanz, zumal er ihre geheimen Zeichen doch nie recht für Tiefe halten wollte.

Auch wenn es mit einer fixen Idee bei ihr begonnen hatte: durch seine Zurückhaltung steigerte es sich ins Fanatische. Nun wollte sie ihn haben. Wenn er sprach, wenn er Umweltfragen mit Wirtschaftsinteressen verknüpfte, und wenn er ihr dabei kurz aber grade ins Auge sah, spürte sie heiligen Schauer. Nicht einmal

Maik – der ewig lächelnde PDSler in Ostjeans mit dem antrainierten Schraubstock-Händedruck und dem feinem Gespür für alles, was zu radikal war – widersprach, obwohl er wegen dieses überkommenen Marxismus auf seinem Stuhl leicht unruhig wurde.

Das wäre doch gelacht. Dieser Pfarrer sollte der erste sein, der dem Spiel der übereinander geschlagenen Beine, von Po und darüber nach vorne gerecktem Hohlkreuzes widerstehen sollte? Aber er widerstand! Dann wollte sie Theologie studieren, gar in eine westafrikanische Mission gehen. Das legte sie aber wieder beiseite, weil die Menge an Impfungen vom naturheilkundlichen Standpunkt aus zu viele Eingriffe in ihren biorhythmischen Ablauf bedeutet hätte. Aber immerhin: Sie ließ keinen anderen an sich heran, las viel über die Essener Briefe der Urkirche und verglich lauthals, als ob sie schon seine Promoterin sei, Gert Sulimas Aufsätze in einer kleinen marxistischen Zeitung mit Manifesten des Religionsgründers Luther.

Die neue Autobahnabfahrt »Markgrafenstein«, die als Neue Bad-Straße direkt nach Bad Saarow und von dort zur B 246 führen sollte, würde unterhalb der Rauenschen Berge alles, was Heimat war, ausradieren. Da war ein einzigartiges Naherholungsgebiet, standen Gartenhäuschen und bewachsene Zäune, wo Generationen mit ihren Eltern Brombeeren gepflückt, später die ersten heiligen Küsse getauscht hatten. Umweltexperten der Landeskirche beschrieben das Feuchtbiotop mit brütenden Reihern, Kröten und Blaukehlchen vergeblich und in lieblos aufgemachten Prospekten als »einzigartigen Schatz der Schöpfung«. Denn nun sollte es zum Zwecke eines Planfeststellungsverfahrens einfach übersehen und zu einer Futterwiese abgestuft werden. Denn über Futterwiesen, da durften Landschaftsplaner Straßen verlegen. Der Spielplatz der Gemeinde sollte um 60 Meter verlegt werden, weil die vierspurige Hochleistungsstraße von Kolpin nach Saarow kurvenarm geplant war. »Und alles, weil den Herren Boris Becker und Jack White unsere Straße nicht breit genug ist!« ratterte Nadja alle paar Minuten am Infostand herunter, wenn sie die Landkarte auf dem Flugblatt erläuterte, in deren Mitte der bedrohliche, pechschwarze Speer der Neuen Bad-Straße quer durch alles Grün und an den kleinen Siedlungen am Westufer des Scharmützelsees gelegt war, dorthin, wo die Show-Promis aus dem Westen ihr Golf-Hotel im Bau hatten.

Und so werteten sie die guten Umfrageergebnisse der »Märkischen Allgemeinen Zeitung« gemeinsam aus. Bedächtig sog der jungenhafte Pfarrer an seiner klobigen Pfeife, die nur er trotz Rauchverbot im Raum »gerade eben noch zu Ende« bringen durfte. »Ich überlege, ob ich die 63 Prozent in die Predigt einbaue. Aber vielleicht ist das zu … zu wenig seriös.«

»Gert, ich bitte dich! Tu's doch einfach. Entscheidung ist das Nadelör zwischen Reden und Handeln. Jetzt musst du dich entscheiden. Die Leute müssen **jetzt** Mut gemacht kriegen. Das ist ja der Gag bei diesen ganzen Umfragen. Meistens laufen die gegen uns. Aber endlich mal anders. Mit diesem Rückhalt trauen sich plötzlich viel mehr zu uns …«

»Ach, Lady«, brummte er neben dem Mundstück vorbei, »denk doch mal an den Gemeindevorstand. Da sind auch einige, die den Golfplatz als einzige wirtschaftliche Chance sehen.«

»Als ob wir was gegen Golf hätten. Soll Boris dem Bürgermeister den Schläger doch sonst wohin schieben. Aber die Neue Bad-Straße will niemand …«, sie sah ihm ins Gesicht, »außer ein paar gekaufte Knechte«.

An der Tür entstand Unruhe: »Lasst mich doch mal durch.« Es war Maik, der sonst immer zu früh da war, der sich da durch die Menge zwängte, »Ist, glaub ich, nicht ganz unwichtig.«

Der Pfarrer wand seinen stahlblauen Rollkragenpullover mit der Aufschrift »Joop« zwischen Lehne und Tischplatte nach oben: »Was is'n da hinten los?«

»Scheiße gibt es. Ich hab' im Auto grade Nachrichten gehört, ORB …«

»Und? Haben sie die Umfrage relativiert?«

»Kein Wort von der Umfrage. Nein, Gert ist …« Gert Sulima, die Pfeife auf den Tisch gelegt, stand nun vollends, um Maik, der mitten im Gemeinderaum mit noch breiteren Schultern als sonst und atlethisch vollgesogener Brust postiert war, durch einen

Knäuel Aufgestandener hindurch verstehen zu können. Der zog die Silben druckreif in die Länge: »Es gibt eine Stasi-Akte von Gemeindepfarrer Gert Sulima. Irgendwie noch aus Westdeutschland.«

»Na, das ham sie immer schon versucht.« Sulima winkte erleichtert ab.

»Neue Aktenfunde, von der CIA an den Generalbundesanwalt, zunächst noch ohne einen Kommentar von Gauck ...«

»Das können die gar nicht hochziehen, ist doch läppisch.«

»Sie zieh'n es aber dafür ganz schön hoch, dafür, dass es läppisch ist.«

Es wurde still im Gemeinderaum. Gert Sulima stieg dunkle Röte über den Rollkragen. »Der Umweltpfarrer soll als IM kirchliche Gruppen bei Reisen in die DDR bespitzelt haben. Das kommt Scheiße, echt beschissen!«

Maik hatte die DDR durchaus bejaht, und dazu bekannte er sich auch. Nicht so sehr der marxistischen Losungen wegen, die er schon bei Sulima aufgesetzt und »eigentlich an den Menschen vorbei« empfand, sondern ihrer Ordnung. In der DDR wurde nicht dazwischen geredet. In der DDR gab es keine Bettler. Sportvereine waren die Stütze der Gesellschaft. Sicher, Maik nannte den Preis: Wer fleißig und kreativ war, konnte es nicht soweit bringen wie im Westen. Aber dass sich einem nun in den Innenstädten nach Geschäftsschluss unter Türvordächern alle paar Meter aus ausgemusterten Armeeschlafsäcken ein offene Hand entgegenreckte (allein darum war Maik schon so »undogmatisch, jawohl, als PDS-Mann«, für verlängerte Ladenschlusszeiten einzutreten), war eine der sozialen Grausamkeiten, die alleine schon die Existenz seiner Partei verlohnten. Und zudem hatten sie derart an Polizei eingespart, dass sich die Armut als Nährboden für kriminelles Gesindel darbot. Nein, so was hatte es in der DDR nicht gegeben. Aber genau das war es ja gerade nicht, was der Westpfarrer mit seinen verklärten Augen auf die SED schätzen konnte. Ihn hatte der ganze Revolutions-Firlefanz beeindruckt. Rentnern aus dem antifaschistischen Widerstand rote Winkelemente in die Hand zu drücken, etwas vom Kampf gegen die Monopole vorzugaukeln und Fidel Castro hochleben zu lassen. Nebbisch, hatte sich Maik stets gedacht, wenn das am Rande von PDS-Parteitagen wieder und wieder zelebriert worden war. Wenn es so leicht gewesen wäre. Mit ein paar schönen, roten Parolen war kein Staat zu machen. Sonst wäre die DKP längst schon Regierungspartei in Westdeutschland geworden. Nein, eine Region zu regieren, so was war in allererster Linie Ordnung und System, Abläufe und Technik, Sachwissen und menschliche Zurückhaltung – alles das, was Gert Sulima nicht verkörperte und weshalb Maik sich nach wie vor stolz auch einen Atheisten nannte! Dass er gegen die altmarxistischen Losungen des Westpfarrers, der damit schon die ganze Bürgerinitiative durcheinander gebracht hatte, bloß mit kommunaler Alltagspolitik nicht ankommen konnte, hatte ihn anfangs gewurmt. Aber immerhin: Bei seinen Parlamentsgenossen galt Maik als der Mann der Bürgerinitiative und in der Bürgerinitiative war er der lange Arm ökologischer, sozialer Realpolitik. Und mit dieser Balance, bei der die eine Seite von der anderen nur durch ihn etwas wusste, konnte er gut über die Runden und nun schon in die zweite Kreistags-Legislatur gelangen.

»Die Nachricht im ORB muss dir ja runter gegangen sein wie Öl«, zischte ihn Nadja an.

»Was unterstellst du mir da?« antwortete er laut, »ich reiß mir den Arsch auf für die Ini und Gert hält es nicht mal für nötig, uns irgendein Wort über seine Vorgeschichte zu erzählen. Und jetzt unterstellst du mir noch, dass mir das wie Öl runtergeht. Das ist nu' echt 'ne bodenlose Frechheit! Außerdem: Das war nicht nur im ORB. Mach dir das bloß nicht so leicht!«

»Das habt ihr in den Parteien gelernt. Euch künstlich so aufzublasen«, flammte Nadja zurückt. Da stand der Pfarrer auf, zuckte die Schultern und plötzlich schien alles an ihm zu hängen: »Das wär's ja dann wohl, meine Damen und Herrn. Ich bin Ballast für euch.«

»Sag mal, Maik,« rief da Pierre in die schweigsame Runde, »von Solidarität hältst du wohl nicht viel, oder? Ne Unschuldsvermutung, einfach nur nach Rechtsstaat, dass eine Anschuldigung eben nicht reicht, einen fertig zu machen, einfach nur

Grundgesetz, davon habt ihr in eurer Gerüchte-Partei auch nie was mitgekriegt.«

»Leute, ich habe keinerlei Anschuldigung vorgenommen. Ich habe lediglich die Nachrichten wiederholt und Scheiße gesagt. Klar steh'n wir zu Gert. … Wenn er unschuldig ist. Und zunächst mal ist er das ja auch. Zumindest für uns. Also ist doch die allererste Frage: Was man dagegen tun kann?«

Wer hinsah, konnte seine feuchten Augen seh'n, als Sulima aufstand, seine Papiere zwischen den Handflächen auf der Tischplatte gerade stieß und in die Tasche packte: »Ihr wisst doch was George im ›Fisch namens Wanda‹ gesagt hat, nachdem ihn seine Frau niedergeschlagen hatte: Das war's dann wohl, Leute.«

»Du wirst doch jetzt so nicht einfach abhauen, Gert«, rief Nadja mit funkelnden Brombeeraugen in die Versammlung. Aber Pierre legte ihr schwer die Hand auf den Arm, während sich der Pfarrer mit einem »Lasst mich einfach nur durch!« und gesenktem Kopf zum Ausgang zwängte.

»Er muss sich jetzt erstmal sammeln.«

»Aber wird sind doch hier alle versammelt« flüsterte Nadja zurück. Sie dachte, Gert wäre ihr jetzt so nahe, wie nie zuvor. Und, dass sie ihm nun ihren Mut, ihre Einfälle und ihre Kraft schenken musste, weil er sie jetzt brauchte. Aber er ging, ohne sie anzusehen.

In den Stunden danach wurde viel und fruchtlos debattiert. Maik hatte für Nadja »dabei einen so gemeinen Gesichtsausdruck«, wie er hinter seiner »besonnenen und solidarischen Kritik an Gert« alle diejenigen sammelte, denen der »Wessi« schon immer zu undiszipliniert, zu auftrumpfend und zu selbstverliebt gewesen war. Sie ging vorzeitig mit Pierre in die kleine Dorfkneipe, wo sonst immer die Ini-Versammlungen harmonisch ausgeklungen waren.

»Wir müssen ihn entlasten. Er muss rehabilitiert werden.« Diese Absicht wiederholte sie fortwährend bis zum letzten Bier, ohne Zustimmung und ohne Widerspruch, selbst als sie dann ein paar mehr geworden waren. Nur einmal, als Pierre auch nicht mehr nüchtern, zurückgefragt hatte, wie sie das machen wollte, wo »wir doch jetzt ganz ohne Hemd und Hose dasteh'n«, fuhr sie ihn an: »Wer denen nachgibt, hat nicht bloß ein paar Blaukehlchen und Kröten auf dem Gewissen ..., sondern uns alle ... Ach was, der hat gar keines mehr. ... Dann brauchste in keinen Spiegel mehr zu gucken.« Dann ließ sie ein Bier zurückgehen, weil Wimperntusche im Schaum hing.

Nebelstochern

Gert Sulima, bislang laut »MAZ« »der umstrittene Chefrhetoriker der Anti-Auto-Kirche«, im »Kurier« und bei »Bild« »der knallrote Öko-Pfarrer« (»wie lang noch stützt ihn die Gemeinde?«) war nun »der Kirchenspitzel mit dem Anti-Auto-Tick« geworden. Täglich berichtete die Zeitung von Rücktrittsforderungen einfacher Kirchenmitglieder, während der Landesbischof gequält auf die grundgesetzliche Unschuldsvermutung verwies: »Wir leben jetzt ja in einem Rechtsstaat. Wobei wir von Herrn Pfarrer Sulima erwarten können, dass er zügig die Aufklärung in seinem Fall vorantreibt und sich weiterer öffentlicher Äußerungen zu anderen Themen vorläufig zurückhält.«

Gert war mit seinem pyknischen Anwalt in die Gauck-Behörde im alten MfS-Hauptquartier Normannenstraße gefahren, um schnell Akteneinsicht zu erhalten. Unter dem Vordach des überdimensionierten Plattenbaus strömte hin und her eine Mischung aus Männern mit geduckten Blicken und solchen, die aufrechten Bärten heiligen Blick verstrahlten. Der triste Tross war gespickt mit schwungvollen Herren in jugendlichem Chick, miteinander in Heiterkeiten verwickelt, als ob sie alles andere weder sähen noch davon registriert würden, Journalisten und »Studien«-Gruppen.

»Zwischenhändler!«, brummte Gert.

»Die sind jetzt im Recht«, antwortete sein Anwalt.

Nach ein und einer halben Stunde Wartezeit wurden sie im Gang von einer Fünfzigjährigen mit Zöpfen an einen Tisch mit vier Hockern gebeten. Sie habe sich mit den »KollegInnen« noch einmal beraten und sie seien alle zu dem einhelligen Schluss gelangt, dass Herr Dr. Sulima seine Akte …

»Wir wissen doch gar nicht, ob es seine Akte ist«, wandte der Rechtsvertreter ein, worauf ihr honigsüßes Lächeln mit einem heiligen Blick unter den Neonlicht spiegelnden Brillengläsern verfror:

»Oh, doch, oh doch, da scheiden für uns die Zweifel aus! Also … jedenfalls kann Herr Pfarrer Dr. Sulima erst dann Einsicht nehmen, wenn die Akte aus der journalistischen Forschungsgruppe wieder zurückbestellt werden kann. Die hatten sich schon sehr viel länger angemeldet gehabt. Der Gesetzgeber will der Öffentlichkeit gewisse Mindestfristen garantieren.«

Da brach es aus Gert heraus: »Aber wir leben doch angeblich in einem Rechtsstaat. Ich meine ich bin der Betroffene, der Beschuldigte, der, dessen Namen ständig durch den Dreck gezogen wird. Ich muss mich doch mit allen rechtsstaatlichen Möglichkeiten verteidigen können! Akteneinsicht ist doch das Mindeste, was selbst ein Schwerverbrecher bekommt.«

»Irrtum, Herr Doktor. Die Akte weist Sie eindeutig als Beschuldigten aus. Und da hat die Bürgerbewegung hart dafür gestritten, dass die Täter von einst nun erst einmal hinten anstehen. Damit erst mal die demokratische Öffentlichkeit Einblick bekommt. Verzeihen Sie meine Betroffenheit, aber ich selbst komme aus der Bürgerbewegung der ehemaligen DDR.«

Der Anwalt schwieg und Gert wartete auch dessen Rat gar nicht mehr ab: »Liebe Frau oder … Kollegin. Zuerst gilt doch in einem Rechtsstaat die Unschuldsvermutung. Und zwar generell. Da sind Sie unschuldig, bis Ihnen eine Schuld nachgewiesen wurde. Aber dazu muss der Beschuldigte durch Kennenlernen dessen, was ihm überhaupt zur Last gelegt wird, verteidigen. Versteh'n Sie: Ver – tei – di – gen!«

Aber mehr als das Spiegellicht einer Neonröhre kam von der Frau nicht zurück, so dass der Anwalt begütigend die Hand auf Gerts Arm legte: »Das weiß die Kollegin doch alles. Das hört sie am Tag hundert Mal.«

Nun umsonnte ihren Blick gar ein Kranz schmunzelnder Fältchen und die Stimme klang warm vor erbarmungsloser Nettigkeit: »Sie sind doch hier noch in keinem Prozess. Dann würde das alles natürlich gelten. Hier geht es darum, die Öffentlichkeit schonungslos aufzuklären. Ihre Akte hat einen Stempel. Dass Sie nämlich als MfS-Mitarbeiter stark verdächtigt sind. Und da müssen Sie zunächst abwarten können …«

»… bis diese Ratten ihre Vorverurteilung fertig gemacht haben. ›Bild‹, ›Focus‹ …«

Die Frau war nun aufgestanden, der Blick hatte jegliche Sonne verloren und war nun aufrecht über alle Köpfe auf etwas Höheres gerichtet, dahin, wo die Leuchtröhre war: »Meine Herren, ich habe noch viel abzuarbeiten … Und außerdem, wenn ich Ihnen einen Rat geben kann: Seien Sie froh, dass Sie jetzt eine freie Presse haben, die sich um alles kümmert, seien Sie froh … «

»Ich hätte dir das gleich sagen können«, brummte der Anwalt auf dem Weg zum Auto. »Zunächst haben, wie das im Gesetz über den ›Umgang mit den Stasi-Unterlagen‹ steht, im Interesse der Öffentlichkeit die Opfer Vortritt.«

»Und die Opfer, das sind die Verlagskonzerne.«

»Klar, irgendeine Redaktion hat jetzt die Kopie deiner Akte …«

»Ja und das Original?«

»Das ist im Ermessensspielraum der Behörde. Das müssen sie dir vorläufig nicht geben. Nicht jedenfalls, bevor die Kopie aus der jeweiligen Redaktion wieder zurück ist.«

»Dann mach' eine Dienstaufsichtsbeschwerde oder eine Klage auf Herausgabe, damit die Rechtsmittel … wie heißt das juristisch … nicht verschleppt werden, oder so …«

»Das haben schon Hunderte vor dir versucht. Die Gerichte sind genau darauf eingepegelt, dass du frühestens dann ein rechtskräftiges Urteil in der Hand hältst, wenn dir die Gauckler die Akte sowieso rausgeben würden, nach sechs bis acht Wochen nämlich. Wenn die Medien deine Stasi-Fratze so gezeichnet haben, dass die mit dir nix mehr zu tun hat.«

»Erstmalig in der deutschen Geschichte streitet eine Medienöffentlichkeit auf der Seite der Opfer.«

»Wenn ich Deine Bitterkeit noch vertiefen darf. Dabei leisten sich größere Zeitungen mindestens einen eigenen Stasi-Jäger, die größten eine ganze Crew, und die kleinen verlassen sich auf das, was von den Großen für sie abfällt.«

Pierre hatte zwischenzeitlich von Maik beim »Neuen Deutschland« einen Redakteur genannt bekommen, der wusste, dass ein »Forschungsverbund SED-Unrecht«, welcher von der Kulturstiftung der Deutschen Bank unter Leitung der Frau Seebacher-Brandt (»der schwarzen Witwe«) finanziert wurde, kürzlich eine »Akte Niemöller mit samt Auswertung« mehreren Medien angeboten hatte. Redaktionen, die die Kosten eines Rechtsstreits scheuten, legten das Konvolut an die Seite. Beim ORB hingegen hatten die »SED-Forscher« Abnehmer gefunden. Jedenfalls war dort ein Experte seit zwei Tagen damit beschäftigt, fair und unvoreingenommen, wie sich die Pressesprecherin des Senders gegenüber Nadja ausdrückte, das Material zu sichten und der Öffentlichkeit die verschiedensten Aspekte »eines solchen tragischen innerkirchlichen Konflikts« ausgewogen zu übermitteln.

Pierre und Nadja hatten zunächst bei einigen Zeitschriften angerufen, dort erfahren, es gäbe andernfalls Aufschlussreiches über »das Vorleben des Herrn Pfarrer«. Und nun, mit der ORB-Veröffentlichung, könne man gar nicht mehr anders, als selbst die MfS-Akte aufzugreifen.

An die Akte selbst hatte es zunächst für Pierre und Nadja kein Rankommen gegeben. Bis dann die ORB-Kulturabteilung eine ganz besondere Höreraktion startete: »Geschichtsarbeit« hieß die Aufforderung an die Öffentlichkeit, besondere Stasiakten von Prominenten oder aus der eigenen Bekannt- und Nachbarschaft auszuwählen. Besonders delikate Stellen sollten dann durch Schauspieler vorgelesen werden. Hörerinnen und Hörer, die eine bestimmte Beziehung dazu hatten, sollten dann am Mikrofon ihrem Herzen Luft über »solche Spitzeleien« machen dürfen. Aber in dieser Auskehr von Intimität läge auch eine Chance, dachte Nadja.

Gert Sulima hatte sich entschlossen, presserechtlich gegen die ORB-Kulturabteilung vorzugehen. Als Stasi-IM behandelt zu sein, aber seine Akte nicht einsehen zu dürfen, das konnte doch nicht durchgehen. Zudem: Als unbedeutender Pfarrer zu einer »Persönlichkeit der Zeitgeschichte« hochgestuft zu werden, nur um den Namen in die öffentliche Breite zu geben, das musste doch schon jeder kleine Amtsrichter stoppen und den Schutz seiner Persönlichkeit wieder herstellen.

Die »Bild-Zeitung«, Ostausgabe, machte aus dem 15-minütigen einstweiligen Verfügungsverfahren von Sulima, der seine Akte selbst hatte erst einmal lesen wollen, bevor sie im ORB von Schauspielern rezitiert würde, einen epochalen Prozess über »Stasi: Wahrheit und Lügen des Westpfarrers«. Als sein Anwalt ihm riet, zunächst nicht auch noch gegen diese Schlagzeile vorzugehen, erst einmal die Einstellung des Pressegerichts abzuwarten, die sich im Verfahren gegen den ORB ja zeigen dürfte, überschlug sich Sulimas Stimme, zitterte seine Pfeife in der Hand wie eine Wäscheleine im Sturm, herrschte er den Juristen an, endlich alles zu tun, »damit die so was nicht mehr schreiben dürfen«.

»Du zahlst die Gebühren« zuckte der Fürstenwalder Jurist die Schultern.

Aber dann, mitten in das Gespräch mit Sulima, schrillte der Anruf des Berichterstatters der Gerichtskammer, der bei eingeschaltetem Lautsprecher in baritoner Stimme erklärte, das Gericht sei nach sehr ausführlicher Beratung zu dem Ergebnis gelangt, die Klage einstweilig verwerfen zu müssen. Es sei immerhin kein Hauptverfahren, die Beweise müssten im einstweiligen Presserecht summarisch und mitunter notwendigerweise zunächst oberflächlich geprüft werden. Und da sei die Presse- und Meinungsfreiheit doch ein zu hohes Gut, um es in einem Eilverfahren außer Kraft zu setzen. Denn immerhin, da war ja eine Akte! Außerdem habe der Ostdeutsche Rundfunk Brandenburg eine »sehr aufschlussreiche Schutzschrift« hinterlegt mit der Aussage eines hauptamtlichen Mitarbeiters, der indirekt beim MfS einst für den Theologiestudenten Sulima zuständig gewesen war. Und aus dessen Aussage könne man durchaus einige Verdachtsmomente schließen. Der Richter ließ dem Mandanten seinen menschlichen Respekt ausrichten, aber auch den rein formaljuristischen Rat, die Klage unbedingt zurückziehen zu sollen, um wenigstens zwei Verhandlungsgebühren einzusparen.

Als der Anwalt den Inhalt des Gesprächs an Sulima weitergab, erwartete er wieder einen cholerischen Anfall wie kurz zuvor. Aber der Pfarrer war zwischen die beiden schweren Lederohren in den Kanzleisessel gesunken und blickte förmlich durch den Advokaten hindurch, hielt die Pfeife in der Hand und war plötzlich ganz still. Dann sah er die leichte Rötung um die Augen und den ums Kinn rinnenden Schweiß und ahnte, dass Sulima in eine Erstarrung gefallen war.

»Das ist ein Witz, ein einziger böser Witz, das kann doch gar nicht sein«, raunte er, als er aufstand und ging.

Die »Bild-Zeitung« titelte am nächsten Tag »AUS! Meinungsfreiheit statt IM-Lügenschutz / ... und der Stasipfarrer brach zusammen«. Nadja wollte ihn besuchen. Aber vor dessen Haustür wimmelte es von Journalisten und Kameras. Auch einige Kleinstädter hatten sich eingefunden, ihre Dankbarkeit für die Unterbrechung Saarowscher Monotonie unter Entrüstung verdeckend. Jeweils dort, wo Mikro und Kamera hindeutete, schwoll der Zorn. Ein »ich weiß gar nicht, was ich dazu sagen soll« reichte völlig aus, um aufgezeichnet zu werden.

Von Pierre erfuhr sie, dass der Pfarrer bei ihm auf dem Sofa läge, dass es ihm nicht sonderlich gut ginge, aber zum Glück sei das EKG okay gewesen. »Wir müssen zum ORB«, rief ihm Nadja ins Handy. »Verstehst du: das ist die einzige Chance, an die Akte ranzukommen. Ohne die Akte hat Gert rechtlich keinerlei Chance. Wir beide, Pierre, lass uns bei dieser Höreraktion mitmachen, verstehst du?«

Pierre war mittelgroß, mittelschlank und mittelblond. Sein blasses Gesicht spiegelte jede Regung, Ärger und Fröhlichsein. Aber vor allem jene Tätigkeit, die seine Eigenart war, das Grübeln. Dann wurde alles gerunzelt, verkniffen und lief auf einen Punkt zwischen den Augenbrauen. Wenn er aber lachte, mit einem Mal, wenn er etwas herausgefunden hatte, wurde sein Blick fest und leuchtend.

Früher, in der Zeit, als sie noch zweifelsfrei wusste, welche Männerblicke für sie bestimmt waren, als sie solche Angst noch nicht einmal ahnte, schien ihr Pierres Gesicht schief. Am zweiten Abend der BI hatte sie Hedda gesagt, Pierre hätte einen Mund wie ein Biber, nur mit blonden Haarstoppeln. Sein Kinn war durchaus etwas unglücklich nach links abgewinkelt und, wenn er nervös grübelte, gab die Oberlippe reichlich Vorderzähne frei. Aber dann, immer deutlicher, schrieb sich das fröhliche Aufleuchten bei ihr ein. Die BI hatte Erfolg und Pierre mit seinen ökologischen Facts aus dem Internet hatte einen gehörigen Anteil daran. Wenn er mit seinem uralten Peugot vorfuhr, seinen selbstgebauten Computer auslud, gab es kurz darauf immer frisches Wissen für alle Anwesenden.

Er nun wieder war von Nadja angetan, und wie sie auf einen Zielpunkt losgehen konnte, dass sie – in großem Unterschied zu ihm – mal mit unschuldigem Augenaufschlag, mal mit hartnäckig bohrender Schnodderschnauze vorging, je nach Bedarf. Aber, dass sie nie locker ließ. Und nun wollte sie den freien Journalisten finden, der Gerts Stasi-Akte bearbeitete, weil sie es sich schwerer vorstellte, von einer anonymen Rundfunkanstalt ein solches Dokument ausgehändigt zu bekommen.

Der zuständige ORB-Redakteur in Potsdam hatte ein teilnahmsloses Bürogesicht mit spiegelnden Brillengläsern überm kleinen, eingeschmolzenen Lächeln und einen Händedruck wie eine feuchte Windel, der sich erst bei Namensnennung leicht strafft. Pierre hatte den Namen schon gehört. Ein DDR-Spezialist aus Berlin, der häufig sein Wissen über Spitzenfunktionäre mit sanfter Stimme in Talkshows, Nachrichten- und Dokumentationssendungen erläutert hatte.

Auf seine kühle Frage, warum sie sich ausgerechnet für die Akte von Gert Sulima interessiere und sie sich nicht direkt in der Gauck-Behörde besorgt hätte, hatte zunächst Nadja verschämt zu Boden geblickt, dann aber bedächtig geantwortet: »Wir haben ein paar Erkenntnisse, die vielleicht völlig abwegig klingen. Jedenfalls würden wir gerne in Ihrer Sendung mitmachen. Wir haben wirklich was zu sagen, kritisch, aber nicht … nicht … so platt, wie üblich.«

»Ich bin kein Stasi-Jäger, ich hab sogar nicht mal was gegen Stasis, die haben auch nur ihren Job gemacht«, gab der Kulturredakteur mit seinem verklemmten Lächeln preis, ordnete ein paar Tonbänder und Metallspulen in beschriftete Fächer, »nur sollten die Spitzel etwas ehrlicher sein. Ich meine, es tut ihnen doch keiner ernsthaft irgendwas, zumal wenn sie Geld bekommen haben, versteht das heutzutage doch jeder, in der allseits bekämpften Marktwirtschaft,« keckerte es aus seinem zusammen gekrampften Mund, »wenn es dagegen aus reinem Fanatismus gewesen ist .... Na ja, ... ist bei ihm ja 'ne Art Jugendsünde. Wer hat denn in so 'nem Alter keine Leichen im Keller? Selbst der so genannte Joschka ...«

Dann schlug er einen Ordner auf, der offensichtlich mit Gert Sulima zu tun hatte.

»Aber zugeben soll er's, der Herr Gemeindepfarrer, nun hingen seine Augen flehend an seinem Kassettenrekorder, »einfach nur hier herein sprechen: okay, ich habe an die DDR geglaubt und ... halt ein wenig gespitzelt. Für die gute Sache sozusagen, oder ein höheres Menschheitsziel, oder ... für ein paar Westmark, Gott im Himmel, ist doch auch'n Knochenjob.«

Pierre drückte seine Hand fest auf Nadjas Knie, erst danach dachte er sich was dabei, sie aber verstand ihn richtig und schluckte jeden Ekel runter, ja, schaffte sogar ein honigsüßes Lächeln: »Man müsste ihm klarmachen, dass er etwas hat von so einem Geständnis«.

»Ja, wenn ihr das hinbekommt ... Zumindest geht es ja um Aufarbeitung der Geschichte! Das verspreche ich, die Aktenlesung wird bei uns nur an ganz prominenter Stelle stattfinden.«

»Naja,« brummte Pierre, »Aufarbeitung der Geschichte, das ist so ein Allgemeinplatz.«

»Das kommt darauf an! Jedenfalls sollte man das nicht der ›Bild-Zeitung‹ überlassen.«

Der öffentlich rechtliche Redakteur zog mahnend die Brauen hoch, »keine Geschichtsschreibung der Sieger, die DDR war ja durchaus auch für viele so 'ne Art Heimat, bei allem Unrecht«.

»Und wir haben diese Heimat nicht nur erlebt, sondern eine Menge Hintergrundwissen über den Fall – im Austausch versteht sich.« Nadja brachte ihr ansteckendes Lachen.

Das war zwar kryptisch, steigerte aber den Appetit des Redakteurs. Möglicherweise könnte ja so sein Sender derjenige werden, der in den nächsten Tagen die Nase vorne behielt und auf den sich die Agenturen dann berufen müssten? Zum Ende des Gesprächs bekamen Nadja und Pierre die Karte mit Handynummer des »auch für uns immer schwer erreichbaren« freien Reporters Heribert Swann.

»Das ist ein absoluter Fachmann. Wenn jemand dem Pfarrer helfen kann, dann der!« riet ihnen der Redakteur zum Abschied.

Der Termin wurde gleich an Ort und Stelle gemacht. Schon am Nachmittag standen Pierre und Nadja vor einer strahlend neu renovierten Köpenicker Villa. Swann war ein carotiner Camel-Typ mit strahlenden Checketts zu schwarzbraunen Augen und schwarzbraunen langen Koteletts unter einer schwarzen Menge widerborstiger und nur durch Öl nach hinten gezogener Locken. Er war von der Redaktion selbstredend auf die beiden vorbereitet und gab ganz den Kumpel.

Pierre sah, dass Nadja auf das offene Lachen des Journalisten abfuhr. Ihres war nämlich mild auf Langstrumpf programmiert und so begegneten sich beider Blicke auf halber Strecke mit einem Flackern. Pierre mochte keine solchen Männer, die sich für derart gut aussehend halten und für »dermaßen auf dem Punkt«, dass sie alle drei Minuten aus nichtigstem Anlass wiskeyheiser »is doch überhaupt kein Akt« ausstoßen. Pierre mochte offen gestanden auch diese gesamten Wessi-Worte nicht wie »mega«, »supergeil« und »oberaffenscharf«. Und wie Swann dann auch noch Nadja sofort sein Kompliment in die Augen lachte, das ärgerte Pierre am meisten.

»Ich muss nur einmal richtig in der Akte rumblättern, dann weiß ich alles.«

Nadja war wieder sofort im Spiel. Swann grinste: »Und was habe ich davon?«

Das klang wie: Das ist meine Story, die teile ich nicht mit euch. Es sei denn …

»Ich kenne den Pfarrer!«

»Ich auch.«

»Ja, aber persönlich, sein Umfeld, seine Geschichte.«

»Dann schießen Sie los!«

Nun drehte Nadja den Spieß herum: »Und was haben wir davon?«

»Kennt ihr auch die Klarnamen von früher?«

»Klarnamen?«

»Na, das MfS hat immer irgendwelche Chiffres gehabt. So wie »Niemöller« für unseren Pfarrer …«

»Aber ist das denn bewiesen, dass Niemöller Sulima war?«, versuchte sich Pierre unschuldig. Swanns Stirn legte sich in carotine Falten, eine blauschwarz schimmernde Locke war nun leicht darüber gerückt, worauf seine Fingernägel mit Klammergriff unter tiefem Einatmen die Strähne wieder nach hinten strichen. Seine rauchige Stimme war auf einmal sachlich und ohne Wärme: »Natürlich ist alles bewiesen. Zum Beweisen braucht es niemanden mehr. Aber ein Sümmchen könnte rausspringen, wenn wir noch wen anders zum … naja … zu mehr Offenheit bewegen könnten …«

»Gut, aber Geld …«

Wieder spürte Pierre Nadjas Hand, »… wie viel wäre denn drin?«

»Na ja, schon ein Hunni pro verwertbarem Hinweis.«

»Was is'n ein verwertbarer Hinweis?«

»Na was schon. Namen, Namen und noch mal Namen. Telefonnummern, Adressen. Und das, was die Gauckler geschwärzt haben in dem Ding, ist natürlich auch was wert.«

Dann erkannte Nadja Pierre nicht wieder: »Seh'n Sie, jetzt sind wir ein ganzes Stück weiter, als mit diesem blöden Geschichte-Aufarbeiten!«

»Okay, abgemacht, hier ist die Akte, kämpft euch durch.«

»Wann brauchen Sie sie wieder?«

»Das ist ohnehin eine Kopie. Aber irgendwann die Woche, wär' schon ganz hübsch.«

Sie erhoben sich, um nach Hause zu fahren.

»Übrigens,« fiel da Nadja noch ein Zitat ein, »Napoleon hat mal gesagt, dass Geschichte nur die Summe von Lügen ist, auf die man sich in dreißig Jahren verständigen kann. Ich meine, im Unterschied zu alten Möbeln, kann man Geschichte nicht aufarbeiten.«

Das Kompliment hatte nun von der ganzen Vielfarbigkeit in Swanns Gesicht Besitz ergriffen: »Das ist auch 'ne Rangehensweise. Aber das heißt nicht, Leuten die Heimat nehmen. Ü – berhaupt – nicht!!! Zum Beispiel Gysi. Wie sie dem nachgesetzt haben, das fand ich richtig daneben. Mal abgesehen davon, dass der natürlich mit dem MfS eng gearbeitet hat. Aber der Mann hat für die Einheit eine derartige Überzeugungsarbeit geleistet, ich meine: rein mental, dass ich dafür plädiere, dass man den mal in Ruhe lässt. Ich meine, der hat doch bei seiner PDS auf den Punkt gearbeitet. Und außerdem ist es ein Genuss, den Mann im Fernseh'n zu hör'n. Wie der auch die eigenen Leute angeht, völlig ohne falsche Rücksicht. Also da hätten Sie mich voll auf Ihrer Seite, wenn es für solche Leute mit dem Rückgrad eines Gysi geht.«

»Ich finde, Gregor Gysi wird nie vom Westen akzeptiert.«

»No!«, Swanns Zeigefinger beschrieb ein fröhliches Minuszeichen in die Luft, »da sind Sie falsch gewickelt. Im Westen gibt's Ewiggestrige, so wie in der DDR. Und es gibt Hellwache. Und die haben längst kapiert, dass Gysi in Wahrheit einer von ihnen ist. Der lebt die Einheit. Das spürt man doch. Und deswegen ist das völlig egal, ob der nun 'ne Akte hat oder nicht«.

»Sehen Sie und genau so ein Typ ist auch Gert Sulima.«

»So stell' ich ihn mir auch vor.«

Damit verabschiedete Swann die beiden am Vorgartenzaun.

Als sie wieder im graubraunen Wartburg saßen, mit der eingebeulten Tür und dem kaputten Stoßdämpfer hinten, die bei mindestens einem von den Schlaglöchern in der Abfahrt Fürstenwalde regelmäßig aufsetzt, brummte Pierre: »Warum hast du dich mit diesem Arsch auch noch privat verabredet?«

»Voller Einsatz war Phase!«

Da sah sie auf dem Beifahrersitz im Gesicht von Pierre wieder etwas neues, eingebettet in den grüblerischen Falten nistete ein feines Mitwisserlächeln, das ihr nicht eben nett vorkam.

»Erstens kennt er sich in diesen Stasi-Sachen 1000-mal besser aus als wir«, setzte sie hinzu.

»Und außerdem ... so ein Arsch isser gar nicht«, antwortete sie den Blick starr über dem Lenkrad, »eigentlich nur der ganz normale Medienstrolch ...«

»Ach was, ein Protzer, ein Schaumschläger isses!«

»Aber kann zumindest ehrlich lachen, wie ein kleiner Junge, findst du nicht?«, grinste sie hinterher.

»Du spinnst ja. Frauen ... Tierwelt – Wunderwelt!«

Pierre flog fast durch die Windschutzscheibe. So hart ging die Bremse.

Nadja hämmerte mit der Handfläche aufs Lenkrad, wobei Pierre ahnte, wem die Schläge galten: »Immerhin habe ich jetzt die Klarnamen der Hauptamtlichen, das hättest du mit deinem Gesülze nicht hingekriegt.«

»Und er hat dir einen Hunni gegeben, für nix«, ergänzte Pierre. »Die Hauptamtlichen, wie kommt man an die ran?«

»Frage an die Tierwelt, ja?«

»Na, jetzt komm, Nad, der Typ ist doch ein absoluter Flachmann, der darf dir doch einfach nicht gefallen.«

Nadja wunderte sich. Was hatte sie an diesem Catwiesel bisher überseh'n? Und Pierre war es peinlich, als die letzte Silbe aus dem Mund war. Er lenkte um: »Es kann allmählich als sicher gelten, dass Gert für die Jungs an der unsichtbaren Front gearbeitet hat. Was kann da noch helfen? Dass der Hauptamtliche jetzt bestätigt, der wäre nur unzuverlässig gewesen? Ausgerechnet Gert?«

»Wie kommst du eigentlich darauf, dass irgendetwas bewiesen ist? Du hast bestenfalls Aufzeichnungen Dritter in der Hand gehabt, keinerlei Schrift von Gert, keine Verpflichtungserklärung, kein Tonband. Was ist, wenn sie ihn abgeschöpft haben?«

»Ein ganzer fetter Ordner nur voller Abschöpfungen?«

»Wer hätte Gert zwingen können, bei DDR-Reisen mit Leuten, die er für seine Genossen hielt, schweigsam zu sein? Warum? Weil das der ›Spiegel‹ im Nachhinein gerne zum Strafdelikt hochziegeln würde? Und im Übrigen ist es auch nicht strafbar gewesen, solange du nicht wusstest, dass ein Geheimdienst im Spiel war, den der Westen für feindlich erklärt hatte.«

»Kannst du dich noch an den alten Hartmann erinnern? Der war mal bei einem Infoabend der BI. Der hat doch von so einem Verein geredet, Ivor, oder so ähnlich, wo frühere Agenten für ihre Rente streiten. Vielleicht hilft der weiter?«

»Nicht Ivor, anders.«

»Ich krieg's raus und mach' einen Termin. Guter Tipp. Es ist, glaub ich, besser, wenn ich da alleine hingehe. Keine Zeugen!«

»Dann ist besser, ich gehe, Pierre. Tierwelt, Wunderwelt.«

Der Termin bei Hartmann, dem Koordinator von Isor, lief unkompliziert. Der schwer atmende Ex-HVA-Offizier hatte einen ruhigen Blick und war weitschweifig, wie ein ausgemusterter Uni-Philosoph. Er wollte den »jungen, selbstlos engagierten Umweltschützern, von denen er schon soviel gelesen hatte« helfen, die hauptamtlichen Aktenführer des Westpfarrers zu finden und mal vorfühlen, inwieweit die ihm öffentlich oder gar gerichtlich beistehen würden. Das hatte Nadja bis zu Hause noch behalten.

Aber schon zwei Tage später kamen die Komplikationen. Hartmann sprach von einem Telefonhäuschen in Karlshorst, gedämpft und sehr geheimnisvoll. Er habe nur einen einzigen Kontaktmann herausbekommen, der zunächst mit Nadja unter vier Augen sprechen müsse.

Mit diesem traf sie sich am gleichen Nachmittag vor der Haltestelle »Bärenzwinger« in Karlshorst. Sie schlenderten durch die angrenzende Grünanlage.

»Ich bin der Lothar, und du bist die, auf die sich jetzt die Presse einschießt. Willst dich nicht distanzieren von eurem Pfarrer? Lass' uns ein paar Schritte gehen.«

Der kleine drahtige Mann war bestens vorbereitet und sofort mit dem Du eingestiegen. Er hatte den gestrigen Artikel in der

MAZ gelesen, in dem, wenn auch völlig verdreht, Nadja zitiert wurde, mit dem mutmaßlichen IM »voll solidarisch« zu sein.

War ihr jemand gefolgt? Hartmann hatte ihr bedeutungsschwer atmend empfohlen, sich ab und an mal umzudrehen. Nun war sie hineingeraten. Vor zwei Tagen hatte sie im »Stern« gelesen, von den letzten Übriggebliebenen um Che Guevara. Und hier die Büsche waren wie die, um die die Ranger einst den eisernen Ring immer enger zogen. »Ohne diese Angst«, dachte sie, »wäre die Welt doch öde.«

Für Lothar war der Park gewohnte Nachbarschaft, das spürte sie. Ihr kam er unwirklich vor, das Sonnenballflimmern war Endzeitleuchten. Der grün verwitterte Messingleopard am Eingang bewachte eine Ansichtskarte, deren Vorderbild ein weites kräftiges Grün war mit bunten Blumen, darüber ein Himmel in Wasserfarbenhellblau, darin ein Wölkchen sonnengelber Vanillesoße. Hinten auf der Karte aber standen vernichtende Urteile geschrieben.

»Wir müssen da mit allem rechnen, ich wollte das vorhin nicht am Telefon sagen; wir müssen da mit allem rechnen.«

»Wie früher!« entfuhr es Nadja.

»Perfekter!« widersprach Lothar, »weil unauffälliger. Rechtsstaat schreibt Tarnung vor. Uns haste damals erkannt ... vor allem, wenn wir wollten.«

»Ich bin im Bilde.«

»Nicht ganz. Die Medien sind ein perfekter Scharfrichter und sie können quälen, als ob dich jemand mit Zangen bearbeitet. Im Westen geh'n Medien und Dienste Hand in Hand.«

»Das war doch bei euch genau das Gleiche.«

»Na ja. Sag heute mal irgendwo laut, dass es Geheimdienste gibt, die gegen Linke eingesetzt sind. Dann schreien sie sofort: Verschwörungstheorie.«

Lothar brummte fast nur noch für sich selbst hörbar: »Als ob Verschwörungen deswegen nicht mehr vorkommen, weil es die Verschwörungstheorien gibt, pah.«

»Aber ist das nicht ein bisschen sehr weit hergeholt. Dass sie wegen einer kleinen Bürgerinitiative so einen Terz machen?«

»Was denn? Rufruinieren ist doch Volkssport geworden. Aber die Dienste haben ihre Desinformationen doch heutzutage digitalisiert bei der Hand. Hunderttausendfach. Da kann auf Knopfdruck verfüttert werden! Hast du nie den SPD-Forscher Schmidt-Ehnboom über die Zusammenarbeit von bestimmten Journalisten mit dem Bundesnachrichtendienst gelesen? Da steht es schwarz auf weiß. In jeder größeren liberalen Redaktion gibt's einen, der als Fachmann für Geheimdienste gilt. Und der kommt an heiße Themen, die keine andere Zeitung vor ihm kriegt. Warum wohl?«

»Bitte, bitte. Ich will nicht drängeln, aber ich bin schon sehr aufgeregt hierher gefahren. Was können Sie ... könntest du ... mir zu Gert Sulimas Akte sagen?«

»Gut, Lothar, gut, gut, das sag' ich mir jeden Morgen, Lothar, deine Meinung ist nicht gefragt, Fakten sind der Treibstoff dieser Welt.«

»Jeder Welt, sag' ich mal.«

»Dennoch Mädchen, pass auf auf dich. Nimm die anderen nicht auf die leichte Schulter. Sie leben davon, unterschätzt zu werden.«

Lothar warf etwas Imaginäres über die Schulter: »Also das mit der Akte ist alles Stuss.«

Nadja spürte den Brocken auf ihrem Magen kleiner werden. Aber die abschätzige Handbewegung galt einem technischen Detail: »Die Hauptabteilung, bei der die Akte geführt wurde, war nicht die HVA, sonst wäre vieles einfacher. Die Akte Niemöller wurde bei der Abteilung XV der Bezirksverwaltung geführt, das war Inland, nicht wie die Hauptverwaltung Aufklärung, die sich ums Ausland kümmerte.«

»Aber er ist doch Westdeutscher?«

»Genau um Westdeutsche kümmerte sich die XV. Er muss aber auf dem Gebiet der DDR aufgefallen sein. Kann durchaus feindlich gewesen sein. Aber einen perspektivischen IM mit Oppositionszugang lässt sich keine Abteilung gerne entgehen. Das bedeutete Devisen, Reisen ins westliche Ausland. Oder mal 'ne Auszeichnung. Und außerdem Kirche ... Das lässt sich heute nicht so einfach rekonstruieren. Jedenfalls war er nicht bei der HVA geführt.« Er setzte ein Seufzen als Ausrufzeichen und ließ nun Stolz in die Stimme schwingen: »Ansonsten wäre ja auch seine Akte ...«

Er beschrieb stimmlos pustend mit beiden Händen eine Bewegung nach oben, als ginge es um Rauch. Und verscheuchte bei ihr jegliche Metapher an Sean Connery und Che Guevara. Die Staatssicherheit habe zwei Säulen gehabt, was im Westen dem Verfassungsschutz, MAD und BND entsprochen habe, HVA und Abwehr. Zu DDR-Zeiten sei da immer »so eine Art Standesdünkel« gewesen. Die Abwehr habe in der DDR die Drecksarbeit machen müssen, während die Aufklärung vornehmlich im Westen agierte, »weshalb die andern verbreiteten, die Wolf-Truppe hielte sich für was Besseres«.

»Ja, aber Gert Sulima hatte doch damit nichts zu tun!« unterbrach ihn Nadja.

Wie der Laden organisiert gewesen war, wer wofür die Dienstmütze aufhatte, war ihr fremd und uninteressant. Für sie war nur eines wichtig: Wie konnte Gert Sulima öffentlich entlastet werden und zwar bald! Ehe die Bürgerinitiative ganz kaputt war.

Lothar ahnte, was hinter ihrer Stirn vorging. Aber er fand es doch bedeutend, die Zusammenhänge, die Struktur, die Operativvorgänge, in die alles eingebunden war, zu erläutern. Und außerdem: Sooft wurde er nicht gefragt und damals hatte er schweigen gemusst.

»Und wo liegt jetzt das Problem der Akte Niemöller?«

»Nun, sagen wir es so: Wir von der HVA waren etwas anders, die haben heute noch Bezug zu der ganzen Sache. Wir hatten ja damals schon in der Höhle des Löwen zu kundschaften. Wir kannten den Laden, der jetzt über uns gekommen ist. Aber die Fünfzehner, also die sind, sagen wir mal, weniger bereit, sich irgendwie öffentlich darzustellen, sich dann womöglich ›Spitzel‹ nennen zu lassen oder irgendwas angehängt zu kriegen. Ich kenn' sie alle. Denn ich war bis Anfang der achtziger selbst bei der Römisch Fünfzehn. Und ich krieg' sie auch wieder zusammen. Und dann müssen wir vorsichtig mit ihnen reden. Oder besser, du machst das alleine.«

»Ich bin ihm auch sehr dankbar, dem Herrn Hartmann, dass er uns hier zusammengebracht hat.«

Aber Lothar begann wieder am Stück zu reden und hörte dabei nicht den Anflug von Enttäuschung darüber, dass er wieder nur im Vorhof der Aktenentstehung gelandet war.

»Ein paar haben auch Geld genommen vom Fernsehen. Als Zeugen auf der belastenden Seite. Und dafür wurde ihre Identität geschützt. Was ham sie schon groß heutzutage? Vulkanisierer in 'ner Reifenfabrik ist mit das beste, mit 450 Eiern im Monat. Ansonsten Nachtwache bei 'ner Wach- und Schließfirma. Stasi in die Produktion ... Pah! Sklavenarbeit. Und jetzt endlich kommen die meisten allmählich in Rente. Wenn ihnen nur jetzt nicht noch was passiert! Und so einfach kurz vor Toresschluss seinen neuen Job zu verlieren, weil irgendwas mit Namen in der ›Bild-Zeitung‹ steht ...«

»Ja, aber wir erzählen doch niemandem etwas, wenn uns da einer hilft.«

Lothar blieb unter einer hochgewachsenen Birke steh'n und blinzelte Nadja an: »Erstens, was da läuft, landet alles bei den Diensten auf dem Tisch, jedes Telefonat, möglicherweise mehr. Und was die Dienste haben, geht ganz gezielt raus. Das wissen die doch auch, dass eine Schlagzeile so eine Art Pranger ist ... Da muss er gar nicht im Prozess aussagen. Da ist er schon 'nen Tag vorher in irgendeiner Gazette. Das Stasi-Monster, werden seine Frau genannt, auch seine Familie. Also glaub' mir mal. Und zweitens: Selbst, wenn nichts passiert, die Kollegen haben Angst. Das darf man nicht ignorieren. Euer Pfarrer müsste gegen die Zeitung klagen. Ist Presserecht. Da muss er aber lückenlos seine Unschuld belegen. Umdrehung der Beweislast. So, und dann, spätestes dann müssten unsere Freunde an die Front, im Prozess, in den Zeugenstand. Spätestens dann werden sie öffentlich. Und zur Strafe gibt's den Artikel irgendwo, mit Foto und so. Übrigens, wenn du dich da noch mehr reinhängst, werden die auch über dich mehr suchen. Dann gerätst du immer mehr in deren Visier. Dann war das mit ›solidarisch‹ erst der Anfang.«

»In wessen Visier? Soll ich Gert fallen lassen? Unsere BI? Die Natur? Wegen irgend so einem Visier? Wer sind die?«

»Die? Das sind freigestellte BND-Schnüffler, darauf ziemlich gut abgerichtete so genannte Journalisten, Gauckler. Die mit Trinkgeld alle nicht sparen!!! Denk' erst mal scharf nach, Schule, Studium, irgendwelche Kontakte mit dem Ministerium?«

Sie schüttelte entschieden den Kopf.

»Nicht so vorschnell. Geh' alles noch mal durch. In aller Ruhe! Ich will dir keine Angst machen, aber wissen musst du's. Pass auf beim Telefonieren!«

»Wenn die mich abhören, muss das durch 'nen Gerichtsbeschluss abgesichert sein. Und hinterher muss es mitgeteilt werden. Das ist doch jetzt, na ja, 'nen bisschen anders, als früher.«

Lothar lachte auf.

»Liest du keine Zeitung? Drei Prozent. Gerade mal drei Prozent aller Lauschangriffe sind legal. Wurde grad' gestern verbreitet. Offenkundig hat da der Zuständige gepennt, als das rausgegeben wurde.«

»Glaub ich nicht, warum? Ich meine, wie sollen die das technisch abwickeln?«

Aber Lothar war im Fluss. Ebenso verhalte es sich mit der Postkontrolle. Wenn man einmal indiziert sei, käme man kaum noch von der Liste. Und auf dieser Liste stünde nicht nur die Kommunistische Plattform der PDS. Die sei lediglich gut für den alljährlichen Verfassungsschutzbericht, um die Anpassungsfähigkeit der Parteiführung zu testen. Distanzieren die sich mehr von der Plattform – oder von deren Überwachung? Auf der unveröffentlichten Observationsliste des Bundesamtes und der Landesämter für Verfassungsschutz stünden alle Exponenten der DDR, alle hauptamtlichen MfS-Mitarbeiter, die meisten heute öffentlich tätigen ostdeutschen Journalisten, Verleger, politische Mandatsträger der Linken, frühere DKPler, linke Sozis bis Lafontaine: »Die haben in den USA den eigenen Präsidenten umgenietet. Meinste, darauf wären die hier nicht vorbereitet?«

»Das geht jetzt zu weit, finde ich.«

»Das geht immer weiter, solange Leute wie du ihnen nix böses unterstellen!«

»Aber doch nicht bei Bürgerinitiativen?«

»Na gerade«, lachte ihr Begleiter auf, während er zum soundsovielten Mal kurz auf den zurückgelegten Weg sah, »das sind schließlich die Keimzellen des neuen Terrors. Wir haben das damals genauso gesehen. Wer nicht für uns war, war gegen uns. Also haben wir solche Gruppierungen gespalten, paralysiert, Leute eingeschleust, einzelne Mitglieder diskreditiert – das ganze Instrumentarium, was auch die andere Feldpostnummer praktiziert – oder schlicht die ganze Führung übernommen, wie sie es gerade bei der PDS machen. Der einzige Unterschied: Ihre IM heißen V-Leute.«

»Nee, es gab wohl noch einen wesentlicheren Unterschied: Ihr wolltet doch ‘ne andere Welt?«

Lothar lächelte weniger bitter.

»Naja, auch bei uns war’n die Karrieristen ‘ne führende Kraft. Und heute, da sind einige wieder längst auf der Schokoladenseite. Aber ein paar von uns hätten sich echt für den Sozialismus erschießen lassen. … Nur: Genutzt hat das auch nichts.«

»Sag mal, so was wie der Führungsoffizier von Gert kannst du nicht gewesen sein. Was warst du dann?«

»Sagen wir mal so: Ich habe auf der gleichen Linie gearbeitet, wie sein Führungsoffizier.«

Sie waren wieder am Parkausgang bei den Bären angekommen, welche sich träge in der Nachmittagssonne räkelten, die sich wie eine brennende Orange auf den oberen Fenstern der gegenüberliegenden Platte spiegelte und grell auf Autoscheiben blendete. Ein seitwärts hingestreckter Bär hob missmutig den schweren, schwarzen Kopf, um die Herkunft der lauten Frauenstimme zu orten und blinzelte mahnend zu den beiden Spaziergängern.

»Egal. Ich muss mit denen reden. Bitte!«

»Ich will es versuchen. Da musst du dich aber ziemlich fix bereithalten. So gemütlich die auch erscheinen …«

Am nächsten Tag kam die telefonische Wegbeschreibung zum verrauchten Hinterzimmer der »Speisestube« in Karlshorst. Nadja war alleine und auf der A 10 vor Berlin war da wieder die harte Klammer um den Magen. Sie zitterte bei den mehrfachen Anläufen, in die Lücke zu parken. Von diesem Treffen würde Gerts Schicksal, ja, das der ganzen Bürgerinitiative abhängen. Die Angst machte fahrig, vergröberte Handbewegungen. Rüdiger, ihr Schulfreund in der 11. war später bei der »Firma«, dem MfS. Wie oft hatte sie mit ihm in dem kleinen Straßencafé in Fürstenwalde über Gott und die Welt geredet. Aber da konnte doch nichts registriert sein.

Im Hinterzimmer

Das Hinterzimmer der »Speisestube« war im Charme vergangener Jahrzehnte: an der Wand bräunliche Fußballerfotos der sechziger. Vergilbte Urkunden in Papprahmen. Davor auf verschrammten Holzborden auf farblosen Plastikdecken: verschiedene Pokale und Medaillen in Lamettablech. Drei halbabgebrannte Kerzen. Eine Kunstholztafel wies den »Stammtisch« aus. Dort saßen vier ältere Herren um einen runden Tisch. Unter kleinen Rauchschwaden vor Bieren, was darauf schließen ließ, dass sie hier ohne Auto waren. Nadja ahnte, dass die sich hier nur wegen ihr trafen, und dennoch wirkten sie in dieses Hinterzimmer mit karierten Hemden, kaki-farbenen Windjacken und Seniorensport-Sandalen wie hineingemalt.

Sie gab allen die Hand. Mal griff sie in eine hagere knochenkantige, mal in eine fleischige, aber immer mit dem festen Druck geübter Herzlichkeit. Nur einer lächelte zurück, sonst nur knappes Nicken mit Vornamen und Zurseiteblicken. Nadja spürte, dass es Lothar nicht ganz leicht gefallen sein musste, die Runde hier zu versammeln.

»Also, wir wissen nur ein wenig bescheid,« begann einer amtlich, der sich als »Dieter« vorgestellt hatte, »erzählen Sie uns, was Sie nun genau von uns wollen.«

Er schien der Dienstranghöchste gewesen zu sein. Die alten Regeln galten fort. Wo sollte sie beginnen, hatte Lothar denen nicht schon alles ausgebreitet? War es eine Examination?

»Unsere Bürgerinitiative kennen Sie vielleicht. Das ist eine ganz wunderbare Sache. Sie müssen mir das abnehmen: Gert Sulima muss weiter dabei bleiben, sonst kippt der ganze Laden weg. Die Straße, die irgendwelche … Westinvestoren durch unsere Landschaft ziehen wollen, das ist für Menschen, für die Natur, für alles, für die Luft, das ist die reine Katastrophe für alles.«

»Und was sollen wir tun für die Landschaft?«

»Bitte zuerst mal eine Frage beantworten.« Nadja hatte sich den Satz vorbereitet und die Kulleraugen schauten in die Runde: »Wer von Ihnen hat den Gert Sulima … gekannt? Ich meine, wer hat seine Akte geschrieben?«

»Welche Akte?« meldete sich unschuldig ein sportlicher Endfünfziger mit Hornbrille und aufgerissenen Augen im missmutigen Gesicht. Auf so was war sie nicht vorbereitet.

»Na, lesen Sie denn keine Zeitung?«

Nadjas Lautstärke und Stimmhöhe wurden Flucht nach vorne.

»Sie meinen das, was in der so genannten Gauckbehörde für seine Akte ausgegeben wird«, belehrte sie Dieter. In ihr stieg Ärger hoch über das Katz-und-Maus-Spiel der alten Männer.

»Mancher hat uns schon zu irgendwelchen Aufzeichnungen befragt«, ergänzte der Endfünfziger, wobei die Augen hinter den spiegelnden Brillengläsern nervös schienen. Er zog tief an einem Stummel »Caro«, blies drei Ringe von unterschiedlicher, ineinander passender Größe in den Raum und genoss Nadjas Staunen aus halbhohen Lidern.

»Aber woher sollen wir wissen, was die Gauckler in der Zwischenzeit damit …«, zustimmendes Gebrumm in der Runde, »… was die Gauckler da alles zwischen zwei Pappdeckel geschoben haben und das jetzt eine ›Akte‹ nennen.«

Jetzt erst fiel Nadja ein, dass die Akte ja einen Decknamen trug. Wie wollte sie hier weiterkommen, wo sie sich so wenig auskannte?

»Okay, okay«, lenkte Nadja ein, »aber einer muss ihn doch gekannt haben. Sonst würden wir doch hier nicht sitzen.«

Ein breitschultriger knorriger Herr mit verraucht knittrigen Händen räusperte sich. Wie eine Art Wortmeldung bei Dieter. Der nickte ihm huldvoll zu: »Wir alle haben mehr oder weniger damit zu tun gehabt. Aber es ist Jahre her. Und ein wenig brauchen wir auch von Deiner Seite, Mädel, damit wir auf die Sprünge kommen ...«

Dieter hatte die Stirn in wenige, schwere Furchen gezogen und unterbrach ihn: »Ich muss meine Frage von eingangs wiederholen: Was sollen wir Ihrer Meinung nach tun?«

Da platzte es aus Nadja heraus: »Irgendjemand von Ihnen oder Ihren Beamten bei der Stasi hat diese Akte oder das, was von der Presse oder von der Gauckbehörde dafür ausgegeben wird, doch geschrieben und ich will doch einfach nur, dass derjenige für uns eine Erklärung schreibt, wo einfach nur steht, dass ..., dass Gert Sulima nichts davon wusste. Ist das denn zuviel verlangt? Immerhin steht da eine ganze Region auf dem Spiel!«

Dieter sah vorwurfsvoll zu dem Knittermann und suchte dessen Freundlichkeit zu verwischen: »Bei uns hatte jeder mit vielem zu tun ...«

Die drei anderen starrten vor sich auf ihr Schreibgerät.

»... aber warum soll jemand zu etwas eine Erklärung abgeben. Das wäre nun wirklich nicht das erste mal, dass mit so einer Akte irgendwelches Schindluder getrieben wird.«

»Ich verstehe euch nicht«, Nadja stützte den Kopf in die Hände. Die Tränen waren in der Höhe der Nasenflügel.

Der breitschultrige Mann faltete die braunen Knitterhände und räusperte sich noch mal. »Also, wenn du mich fragst, Dieter, der wurde abgeschöpft, soweit, so klar. Nur, etwas tun für ihn kann man vielleicht ...«

»Ich wüsste nicht, was!« unterbrach ihn Dieter scharf. Dann sah er in die traurigen Augen gegenüber, wobei die Stimme kurz wärmer wurde, um sich aber dann gleich wieder im Amtston zu fangen.

»Ich erkläre dir, äh Ihnen, jetzt mal, wie das abläuft, wenn so eine Erklärung abgegeben werden soll. Freiwillig, um irgendwo irgendjemand zu entlasten. Dann vergleicht das Gericht unsere mit anderen Aussagen, die wir nicht kennen. Und die westdeutsche Rechtssprechung ist eindeutig. Wer heute einen IM entlastet, muss ein Lügner sein. Aber das, was er zu DDR-Zeiten geschrieben hat, das war die reine Wahrheit und nichts als die Wahrheit. Die Akte stimmt. Die Aussage von heute ist falsch. Vom selben Autor. Und sofort setzt es eine Strafanzeige wegen falscher eidesstattlicher Versicherung, mit Haft und Vorstrafe!«

»Sie dürfen mich ruhig duzen, Dieter« Nadja sah ihm direkt ins Gesicht, schnäuzte leise und schämte sich sofort dafür.

Nun war auch der Breitschultrige mit den faltigen langen Fingern in Dieters Spur eingeschwenkt: »Hier will dir keiner dein Engagement ausreden. Aber uns lass da raus!«

Beschwichtigend breitete er die Hände aus: »Was soll ich erklären? Der Sulima wusste von rein gar nichts. Oder der Pfarrer wurde als Kundschafter für den Weltfrieden, ohne es zu wissen, abgeschöpft … Denn die DDR hat damals ja doch ziemlich lange den Frieden sicherer gemacht. Danach gab es erst deutsche Kriegsbeteiligung. Ach so, sagt der Westrichter, für den Frieden? Na dann …«

»Ja, ja. Unsere BI ist auch total gegen Krieg …«

Nadja hörte weder die Ironie noch sah sie die weggedrehten Augen, »aber irgendwo habe ich doch gelesen, daß die Modrow-Regierung für alle Stasi-Beamten eine Amnestie herausgehandelt hat«.

»Wir brauchen hier nicht über Frieden zu philosophieren. Haben alle unser Parteilehrjahr ausgiebig gehabt. Eher zuviel davon! Aber lassen Sie sich das von einem Stasi-Beamten mal sagen: So was macht die West-Richter ja erst richtig heiß! Nee, die haben 1992 von dem damaligen Geheimdienstchef und Justizminister … olle Kinkel …«, er blickte beifallssuchend in die kleine Runde, »… klare Anweisungen gekriegt. Die DDR war krimineller Sumpf, an der durfte kein gutes Haar bleiben.«

Der sportliche Typ ergänzte: »Das erste, was die Gerichte machen, ist zwei Augen zudrücken, wenn ihre Pressestellen Betonköppe auf Fahndungsfotos durch die Öffentlichkeit jagen, damit die unter Druck kommen und ihren Job verlieren. Eigentlich dürfen die keine so 'ne Fotos in die Zeitung bringen. Aber von Stasis immer! Dann eröffnen sie ein Verfahren wegen Meineid und zwar bei einem Gericht, das ihnen – sagen wir mal – vertraut ist ... Und dann darfste zahlen.«

»Aber es gibt immer noch so was wie richterliche Unabhängigkeit!«

Die Herren rumorten missmutig. Der Knittermann lächelte Nadja milde ins Gesicht: »Die Kunde hör ich wohl. Aber am Ende ... erklären die Richter die Akten doch für echt. Denn wir waren zwar ein Unrechtsregime, aber so unrecht nun auch wieder nicht, dass unsere Akten unwahr würden ... Verstehste nich', Mädel, wir können nicht mal gegen unsere eigenen Aufzeichnungen heute was sagen?«

Nadja kratzte alle Motive zusammen: »Aber da muss man doch aktiv werden, das kann man doch nicht einfach so hinnehmen. Meine Herren, Sie haben doch auch Ideale gehabt, diese DDR kann doch nicht einfach so sang- und klanglos verschwinden, ohne dass irgendwas hängen geblieben ist.«

»Da ist nix hängen geblieben«, brummte einer dazwischen.

»Ich bitte Sie einfach nur um solidarische Hilfe ...«

»Mädel«, der Vierte, bislang Schweigsame, brachte sich nun ins Gespräch, ein braungebrannter Endvierziger, Ex-Frauentyp, mit rötlichblondem Haar und stahlblauen Augen, »vergiss die Medien nie. Wie hat das ein früherer SPD-Bundesminister gesagt: ›Um so kommoder ist die Welt eingerichtet für Journalisten, die auf dem Schoss der Geheimdienstleute sitzen und auf die Desinformation zum Füllen ihrer Spalten warten.‹ Gegen die haben wir keine Chance. Jedenfalls nicht, wenn wir mit offenem Visier gegen sie anrennen. Die Hauptgefahr ist: Denen glauben die Leute. Und sie werden von den Diensten gespickt, ohne Ende.« Er zuckte die Schultern, »und zwar in einem erbarmungslosen Konkurrenzkampf um die Sensation ..., wenn es gegen Wehrlose geht. Alles, was sie mit dem Herren Kohl und so nicht dürfen, lassen sie an den kleineren aus. Da gibt es diesen Swann, hast du sicher schon gehört. Und seinen Gegenspieler, den Michail Giesmeier, der es für den Spiegel macht. Die sind sich spinnefeind, die beiden, aber gespeist werden sie aus denselben Dienstquellen …«

»Versteh' ich alles nicht. Will ich auch gar nicht verstehen. Da kommt doch nicht jeden Morgen in die Redaktionen, in den BND, ins Justizministerium und sonst wohin der gleiche Tagesbefehl angeflattert: Den Soundso muss man jetzt zur Strecke bringen, weil er noch zur DDR hält. Und dann rasen sie alle los.«

Täuschte sie sich oder hatte der Rotblonde ihr gerade zugezwinkert?

Der Endvierziger, dessen kurzärmliges schwarzes T-Shirt die muskulösen Arme zwängte, sah ihr geradewegs in die Augen: »Darüber reden wir manchmal, wie das funktioniert. In der DDR brauchte so was ziemlichen Aufwand. Meine Theorie ist 'ne andere. Jede Gesellschaft verströmt ihre Witterung, wer gejagt werden darf. Es ist 'ne Witterung, die sie manchmal nur konditionieren müssen. Mal was von Pawlowschem Hund gehört? Wir unten müssen so was organisieren. Denen da oben wächst es organisch in den Schoß …«

Diese Freizügigkeit braute Gewölk auf Dieters Stirn zusammen: »So und wegen deiner Theorie sind wir jetzt zusammengekommen. Parteilehrjahr für Fortgeschrittene, ja?«

Aber er ließ sich nicht bremsen und Dieter schien auf ihn auch keinen Einfluss zu haben.

»Diese beiden Herrn Swann und Giesmeier, auch ein paar andere, sind wegen dieser Sache längst auch an uns dran. Wissen Sie, dass wir uns eigentlich vor denen retten müssen? Die sagen, sie kommen wegen Niemöller. Die wollen seinen Kopf. Können Sie uns gegen die weiterhelfen? Nein, können Sie nicht. Können wir Ihnen weiterhelfen? Auch nicht.«

Nun fühlte sie sich ermutigt, aus ihr platzte es jetzt heraus: »Aber eins ist doch erwiesen: Ihr habt doch ewig nur Mist gebaut …«

Durch die ausdruckslose Gummiwand, die bleierne Selbstgefälligkeit vor ihr, lief ein Ruck. Nun kam es auch nicht mehr drauf an. Ihr Onkel hatte doch wegen Leuten wie diesen kein Abi machen können, weil sein Vater evangelischer Pfarrer war. Ruhmesblätter der Deutschen Demokratischen Republik saßen hier nicht vor ihr.

»Die eigenen Leute bespitzelt, erpresst, gefügig gemacht, Wessis, die es mit uns gut meinten, kalt mit reingezogen, und dann dem Westen auch noch deren Akten unbeschädigt überlassen, so ...«, sie hob beide Handflächen hoch wie zu einem Bratentablett, »... denen die ganzen Akten über Friedenskämpfer im Westen ... gewissermaßen unsere ganze Republik besenrein übergeben, dem Nachmieter, ach was, der Besatzungsmacht. Alles hier in Grund und Boden gefahren. Und jetzt, wo ihr euch einmal nützlich machen könntet, habt ihr nicht den geringsten Arsch in der Hose. Da ist ein aktiver Umweltschützer, der durch euch in den Selbstmord getrieben wird ...«

»Durch uns oder durch wen?« herrschte sie der Faltenmann an und beschwichtigte gleich wieder mit seinen zerknitterten Händen, »ich glaube, so können wir nicht miteinander reden.«

Aber Nadja war aufgesprungen, die Tränen zogen kleine Furchen durch den dicken Puder, den die letzten Tage nötig gemacht hatten. Sie wischte sich mit dem Handrücken Tränen und Nase ab: »... nicht mal das macht ihr richtig.«

Sie konnte vor Schluchzen kaum weiterreden. Der Rotblonde war aufgestanden und wollte sie unbeholfen am Arm fassen. Sie hätte ihn beinahe geschlagen und keifte ihn an: »Wenn unsere BI aus solchen Weicheiern wie euch bestehen würde, wäre die Landschaft längst noch mehr kaputt und die Raubritter aus Westberlin hätten ihre Konten noch voller. Und ihr habt mal für den Sozialismus gearbeitet? Pah, da kann ich ja bloß lachen, bloß wiehern.«

Dann lief sie heulend raus, hörte nicht mehr, was ihr nachgebrummt wurde, den Stuhl, den sie umriss und Dieters Stimme, doch da zu bleiben. Nix wie weg, dachte sie, bloß raus hier!

Mehrheiten

Gert, verließ nach einem Nervenzusammenbruch, von dem er ein Zucken unter der rechten Augenbraue zurückbehielt, Brandenburg mit zwei großen hellblauen Plastikkoffern in Richtung Danzig. Dort, in einem Dorf, würde er bei einem befreundeten katholischen Friedenspfarrer im Häuschen des Gemeindedieners unterkommen können. Für wie lange geht das bei dir, hatte er Swobek gefragt? »Egal, hier kostet es sowieso keine Miete!«

Gert wurde von einem winzigen Häufchen, ohne Maik, am Bahnhof Eberswalde verabschiedet. Den kleinen Abschiedsumtrunk wollte er sich nicht nehmen lassen, und so stellten sie sich an den Bahnhofskiosk. Dann fing auch Gert an zu heulen und war alles, nur kein selbstbewusster Pfeifenraucher mehr. Leise hatte er geraunt, dass er wirklich nicht mehr könne, dass sie ihn verstehen müssten, dass er jetzt wisse, wie der mittelalterliche Pranger funktioniert habe, wie das einen zum Geächteten macht und dass das alles wie eine Krankheit über einen kommt.

Nadja, die mit Foto neben ihm mittlerweile schon drei Mal in der Presse abgedruckt worden war, rief ihm trotzig in das fort gleitende Zugfenster: »Wir machen weiter. Wir finden einen Weg da raus.«

Als der Waggon lossurrte, war ein Ziehen in ihrem Magen, eine Hilflosigkeit und die Fahrigkeit in den Händen. Gert, der auf sie lange so viel Sicherheit ausgestrahlt hatte, fuhr da stumm und taub geschlagen in eine Unerreichbarkeit. Nie wieder würde sie den ruhigen Klang seiner Stimme, den Duft seines Pfeifentabaks und das milde Lächeln erleben. Am liebsten hätte sie sich auf die kleine blaue Aluminiumbank zwischen den Bahndämmen geworfen und hemmungslos losgeheult.

Doch bevor sie sich dem Schmerz hingeben konnte, war da ein Ärger. Sie hatte vergessen, mit Gert einen Klingelcode fürs Handy ausgemacht zu haben. Er hatte ja gesagt, er sei für keinen Journalisten zu sprechen und jetzt war alles zu schnell gegangen.

Und dann dachte sie plötzlich an Maik und dass der jetzt womöglich Sprecher der BI werden würde. Der war zu Gert auf Distanz. Das konnte Punkte bringen und der BI wenigstens ein bisschen Ruhe.

»Wir als PDS, Nad,« hatte Maik ausgeführt, »hatten genug Stasischeiße am Bein und wir bejahen diesen Rechtsstaat.«

»Du kannst doch nicht Gert fallen lassen, wie eine heiße Kartoffel. Dann ist die BI am Arsch, verstehste, ohne Gert ist die Kirche weg von uns und wir haben keinerlei Stütze sonst,« hatte sie ihn vorgestern vor allen angeschrieen, »und außerdem will ich nicht, dass du mich Nad nennst!«

»Aber, wenn wir uns an Gert hängen, sind wir erst recht fertig!«, hatte Maik gelassen und mit großen Augen gekontert, »der hat einen Prozess laufen, verstehste, und wenn so was verloren geht, und sie dürfen ihn danach dann überall IM nennen, dann sind wir der Stasi-Verein. Übrigens, weißt du ganz genau, ob da nicht doch noch 'ne Verpflichtungserklärung auftaucht? Wir können doch nicht die Existenz der ganzen BI an Gert, an einen einzigen Menschen hängen. Das wäre nun auch noch der reinste Personenkult.«

Als Nadja ihre hohe Stimmlage, die sie selbst eigentlich bei Frauen nie leiden mochte, kaum mehr dämpfen konnte, war Maik noch einen Ton tiefer in geruhsamste Stimmlage gegangen: »Warum hat er uns denn nicht von Anfang an reinen Wein eingefüllt? Verstehste, das ist auch nicht sonderlich solidarisch gewesen. Bei der PDS haste wirklich viel Verständnis für alles, aber die eigenen Leute darf man nie anlügen!«

»Weil die Akte gefälscht ist. Wie soll er uns etwas zugeben, was er nicht mal kennt.«

Nadjas Stimme überschlug sich und mit der Handfläche hämmerte sie dazu auf die Tischplatte: »Die PDS gegen Stasi. Einfach toll. Wenn Wahlkampf ist, lasst ihr euch von den Rentnern in Hohenschönhausen und Strausberg die Plakate hängen. Weil ihr die kommerziellen Klebekontrollen nicht bezahlen wollt. Da fragt keiner von der PDS, bei welcher Waffengattung die Klebetruppe war. Und wenn ihr hübsch gewählt seid, dann tretet ihr denen in den Arsch.«

Aber es half nichts, Maik hatte durchaus die Mehrheit auf seiner Seite, auch wenn er einigen mit seiner Distanz zu Gert zu weit ging. Aber seine Sorgen waren ja nicht von der Hand zu weisen.

Am Treppenaufgang

In der MAZ war eine winzige, aber für Pierre alarmierende Meldung erschienen, wonach in die Gauckbehörde eingebrochen und einige Unterlagen, so ein »Verpflichtungsprotokoll des Stasipfarrers«, entwendet worden waren.

Kurz darauf hatte Nadja dann auf ihrem Anrufbeantworter die Stimme von Heribert Swann, der in flehendem Ton um einen Vieraugentermin bat.

»Es ist wahnsinnig wichtig, aber ich kann am Telefon nicht mehr erzählen,« flüsterte er, als sie ihn zurückrief. Und dann, am Tag darauf, als sie gerade zu ihm losfahren wollte, geschah die Attacke der beiden Fascho-Suffkes vor ihrem Haus. Passte das irgendwie zusammen? Wer waren die Retter in den Anoraks? Und warum krächzte der schneidige Heribert auf einmal so verdammt fertig?

Als sie verspätet bei seinem Haus ankam, öffnete er mit solch hängenden Schultern, dass sie ihn für einen Moment bedauerte. Seine carotine Grundtönung war einfach nur gelb und die strahlenden Zähne standen zu einem Blick in traurigem Gegensatz. Noch ehe sie saß, aber sprudelte er wie sein Zimmerspringbrunnen: »Sie müssen mir sagen, aufn Punkt: Hatten Sie Kontakt zum Führungsoffizier von Gert Sulima? Nein, nein, schweigen Sie. Ich weiß, dass Sie Kontakt hatten. … Ich werde erpresst … Dabei wissen die, dass ich auf Seiten der Zonis bin. … Ich darf doch du sagen? Ich bin der Ältere, ich darf das anbieten. Wer ist sein Führungsoffizier? Was trinkst du? Scotch?«

Er versuchte ein fröhliches Lächeln unter die traurigen Augen zu legen, was Nadja an den goldigen Spaniel des kugelbäuchigen

Westberliner Hippies erinnerte, mit dem sie beim Friedensfest der Gemeinde »Stöckchen« gespielt hatte.

Nadja gab sich verwirrt und wollte ihm weder etwas von dem vergeblichen Besuch bei den Stasi-Rentnern verraten, was sie Lothar versprochen hatte, noch etwas von dem Überfall vorhin.

»Ich mag keine harten Sachen.«

Als habe er darin eine Menge Hintersinn aufgespürt, lachte er sie traurig und mitwissend an: »Dann eben einen Prosecco. Der ist brottrocken, da spürst du gar nix.«

»Ich bin eine Zoni. Null Promille!«

»Aber hast dein Auto nicht dabei«, kam es aus der Kochnische, von wo bereits der Korken knallte.

»Aber nur ein Glas!«

»Du hast Kontakt, Mädel, ich weiß es. Sag was, verdammt, es ist wichtig!«

»Ich ahne nicht mal, was Sie da meinen.«

»Du ahnst es nicht mal? Gar nix von Paule dem Monteur, von Schorsch dem Fälscher, lange, knittrige Finger als Wunderwaffen, von Chamäleon-Kalle, dessen wahre Stimme er wahrscheinlich selbst nicht mehr kennt? Verstehst du, sie stehen vor meiner Haustür, sie drehen meine Radmuttern auf, sie kontrollieren meine Post. Wie in alten Zeiten! Sie terrorisieren die freie Presse ...«

Mühsam hielt sie die Parallele zu ihren losgeschraubten Radmuttern zurück und ließ sich elegant in das flauschige, rauhlederne Sofa neben dem gläsernen von schwarzem Stahlrohr eingefassten und von unten indirekt ausgeleuchteten Arbeitstisch gleiten. Attacke, Zugfahrt und U-Bahn her oder hin – sie wollte ihm, wenn auch nachlässig geschminkt, souverän vorkommen.

Seine wiskeyrauchige Stimme hatte sich gefangen, wurde wieder warm und samtig: »Sag' mir die Namen, die du kennst.«

Und nach einer Pause mit ernstem Blick die Bläschen in seinem Glas fixierend: »Vielleicht rettest du Menschenleben!«

Nadja war schon bei dem Wort »Radmuttern« erschrocken, nun aber bekam sie kaum ein Wort über die Lippen.

»Okay, Hose runter«, raunte er wie zu sich selbst, ließ sich an dem Arbeitstisch vor den vielen Manuskripthäufchen nieder, auf denen kleine handgeschriebene Zettel lagen. Nadja erfasste, dass darauf Namen, Dienstgrad und Stellung vermerkt waren. Daneben stand eine Schale voller Kiwis und ein olivegrüner Humidor mit Intarsien marmorierter Elefantenköpfe. Welche Sorte Zigarren darin waren, ahnte sie nur.

»Lass mich mit ganz offenen Karten spielen. Ihr seid dermaßen aufm Punkt mit eurer Bürgerini, das weiß doch jeder. Der Pfarrer, Gert, das ist sicher ein großartiger Kerl. Wir müssen ihn da raushaun! Ist kein Akt, echt, eigentlich gar kein Akt. Und glaub mir …,« er rückte seinen Hocker näher an das Sofa, »wenn ich ihm helfen kann, dann tu ich es, ehrlich, was da mit der Umwelt, mit den kleinen Dörfern und so geplant ist, das stinkt doch einfach zum Himmel. Und das mit neuen Arbeitsplätzen durch die Straße ist getürkte Scheiße, Propaganda. Ich kann das nachweisen. Schwarz auf weiß. Keine zehn Arbeitsplätze bleiben übrig, und die auch nur befristet auf vielleicht ein bis zwei Jahre. Der Tiefbau-Krauter ist nur auf die öffentlichen Zuschüsse aus. Nach einem Jahr bricht dann alles weg.«

Was, so fragte sie sich, hatte das alles mit seinem derangierten Zustand zu tun?

»Du hast aber doch was von Erpressung gesagt?«

Er hielt inne: »Ja natürlich. Ich kenne diese Typen, ich rieche sie gegen den Wind … Wer bei einem Dienst arbeitet, sieht am Ende auch so aus. Da hat der olle Karl Marx recht: Die Umwelt formt den Menschen.«

»Das haben auch schon ganz andere festgestellt …«

»Klar, sicher«, beeilte sich Heribert, »die haben damals bei Horch und Guck ein verdammt gutes Handwerk gelernt. Und das praktizieren sie immer noch. In ihren Seilschaften. Ich weiß das!«

»Aber warum tun die das?«

»Rache …«

»Rache?«

»Rache für Erich, für Egon … auch wenn der im Knast ein Traumleben führt … Rache für diese ganze … DDR. Als seien wir hier einmarschiert und wären nicht vom eigenen Zonenvolk gerufen worden … und seitdem …«, Heribert wurde wehmütig, »… Zahlemann und Söhne … Und sie bekämpfen alle, missbrauchen Freund und Feind, auch dich … am ganz langen seidenen Faden … Das große MfS, aufgelöst in viele kleine Seilschaften. Und jede Seilschaft spielt ihr eigenes Spiel. Und: Die Kerle können was. Kalle, den du getroffen hast, Mensch gib's doch zu! …«

Nadja versuchte sich in Pokerface.

»… also dieser Kalle verwandelt sich in zehn Minuten in jemand, den du nicht wieder erkennst … Ändert seine Stimme, sein Aussehen, einfach alles!«

»Woher weißt du das alles?«

»Dossiers! Ich kenne diese Vögel. Mit denen ist nicht gut Kirschen essen. Paule baut dir programmierte Mikros hier in deine Perlenkette, die erst bei Halskontakt aktiviert werden, und vielleicht haben die ihre Fähigkeiten schon längst an einen anderen Geheimdienst verpachtet …«

»Wie meinst du das jetzt?«

In ihrem Kopf wirbelte es durcheinander. Wer war wer? Wo stand wer? Früher war die Feindlage überschaubar. Es gab Memphis im eigenen Garten und draußen, jenseits der Mauer, den Klassenfeind. Nun war die Mauer weg. Aber nicht die Geheimpolizei. Sie wollte mehr wissen über diese verborgene Welt, über die zu sprechen selbst in der radikalen Linken gegen eine Ladehemmung lief und in die sie jetzt hineingeraten war. Und Heribert Swann merkte, dass sie mit dem Wissensdurst auftaute, dass sie – auch wenn sie sich wohl von der Erziehung her und ihr ganzes verblödetes Zonenleben lang gegen männliche Überlegenheit gesträubt hatte – doch der Überlegenheit von Faktenvorsprung zu unterwerfen bereit war. Und er hatte ja dieses besondere Wissen. Immer ruhiger in den Gesten wurde er. Und sie spürte, dass er es aufrichtig meinte und das nicht nur seiner langen Wimpern und traurigen Augen wegen.

Von »ausgemusterten Knechten« sprach er, welche gegen- und miteinander arbeiteten. Ja, als Berlin noch geteilt war, war es das Mekka aller Dienste. Aus Ost und aus West. Das Medina war

Zürich. Und Wien war die dritte Agenten-Hochburg auf dem Kontinent. Kurzzeitig verlor Berlin seine Bedeutung als Geheimdienstmetropole. Doch das nur für kurze Zeit. Inzwischen seien sie alle wieder da. Unter den alten oder auch unter neuem Namen. Die Amis taten kürzlich ganz stolz, dass sie in der russischen Botschaft, um die Ecke, nunmehr 62 ehemalige Agenten gewesen waren. Und die Russen waren nicht mal beschämt, Business as usual.

Mancher MfS-Kader hatte sich als Nachrichtenträger angedient. Die arbeitslosen Vorruheständler pendelten zwischen den in die Hauptstadt übergesiedelten Redaktionen der Nachrichtenmagazine, die sich zwar in der Goldgräber-Wendezeit für viel Geld mit Akten-Metern eingedeckt hatten. Doch wenn sie dann diesen oder jenen Namen ziehen wollten, dann fehlten den Westredakteuren Hintergrund und Zusammenhänge. Da bediente man sich gern der Plaudertaschen vom MfS, die froh waren, mit etwas Bakschisch ihr dürftiges Einkommen aufbessern zu können. Die Typen waren in der Szene hinlänglich bekannt, mancher ehemalige Genosse wechselte die Straßenseite, wenn ihnen ein Informationsverkäufer entgegenkam. In jeder Fernsehdokumentation tauchten ihre Nasen auf, man kannte sie. Ob UFOs und die Stasi, das Attentat auf den Papst oder Doping: Oberstleutnant a. D. Günter Erbssack, zum Beispiel, wusste zu jedem Thema etwas zu sagen. Aber irgendwann versiegte der warme Strom der Informationen, der Endverbraucher der News, der Zeitungsleser, wurde ein winziges bisschen müde des Wortes »Stasi«, die Preise sanken und, Heribert stockte und strahlte dann: »Das plumpe Stasijagen hatte ein Ende. Kreativität war wieder gefragt!«

Nadja war auch allmählich ungeduldig geworden, was sollte sie mit Erbssack & Co. anfangen? Litt Heribert unter Verfolgungswahn? Wer ständig solchen Sumpf trocken legen muss, musste am Ende so werden. Vielleicht sollte sie ja auch nur Trüffelschwein spielen für das, was er »Kreativität« nannte und ihm Kontakte schaffen, die er sonst nicht bekam? Sie fragte direkt: »Und was weißt du über den Niemöller-Vorgang?«

»Hörst du mir überhaupt zu?«

Nadja blinzelte ihn an. Sie spürte, dass sie sich nahe waren und einander reiner Wein eingeschenkt werden musste.

»Okay«, er goss ihr nach. »Du glaubst mir immer noch nicht, dass die gefährlich sind? Bis 1993 hatten wir sie im Visier. Doch dann begannen sie wieder konspirativ zu werden. Sie tauchten unter, Kontakte zu Journalisten rissen ab, die meisten waren nicht mehr auffindbar. Zufall? Ich glaube nicht an Zufälle. Eine alte Geheimdienstregel lautet: Drei Zufälle sind keine. Also. Und wenn sie also alle auf einmal in den Untergrund sind, dann muss es doch dafür Gründe gegeben haben.«

»Vielleicht hatten sie einfach nur von den Journalisten die Nase voll?«

Swann reagierte unwirsch. »Alle gleichzeitig?«

Nadja wehrte sich mit Händen und Füßen gegen diese Verschwörungstheorie. Soviel wusste sie schon, dass sich Geheimdienste am liebsten mit sich selbst beschäftigen.

»Sie versuchen, frühere IM in sinnlose Gerichtsverfahren zu jagen, um dadurch wieder ins Geschäft zu kommen. So, wie Gert jetzt klagen soll, haben es vor ihm schon viele versucht. Aber für Prozesse braucht man Zeugen mit Insiderwissen. Sie wollen einfach wieder mitspielen.«

Nadja sah ihn skeptisch an. »Wobei?«

»Wichtigsein, Macht und nochmals Macht. Der Kalte Krieg ist vorbei, game is over. Sie wollen einfach wieder mitspielen, nicht für Sozialismus, Iewo! Reine Intrigen, sich unter Beweis stellen, nicht altes Eisen sein. Du hättest ihnen vielleicht Geld bieten müssen, aber nicht nur ein paar Märkelchen.«

»Glaub' ich nicht.«

»Glaubst du nicht? Sie gehen dafür über Leichen. Und jetzt bin ich dran. Nadja. Was meinst du wohl, wer uns beide hier zusammengebracht hat? Deine Radmuttern. Bei mir das Gleiche.«

»Glaub ich nicht!«, wiederholte sie nunmehr erstaunt.

Heribert tat so, als habe er das überhört.

»Du warst in der Kneipe in Karlshorst. Stimmt's? Jeder schlägt dort auf, der Hilfe braucht. Und sie tun so lieb, geben den Opa. Die sind kreuzgefährlich. Von denen erfährst du nichts. Oder hat einer vielleicht erklärt: Jawohl, ich war der Führungsoffizier, der die Akte … und stehe als Zeuge zet Vau? War alles nur Abschöpfung. Hat sich einer erklärt? Na siehst du.«

»Nein, hat keiner«, kam es ihr leise über die trotzige Unterlippe, die sich sofort nach innen zog, um gebissen zu werden, denn nun wusste er es.

»Ich war mir ganz sicher!«, raunte Heribert aus dem halben, in eine Handfläche über der Tischplatte gestützten Mund. Mit einem feinen Strahlen, ohne sie direkt anzusehen und irgendetwas auszukosten. Stattdessen fuhr er mit der Fingerspitze entlang den marmorierten Konturen der Elefantenköpfe auf dem Humidordeckel, als wollte er sie nachmalen. Dann wendete er die kirschschwarzen von der Tischplatte ausgeleuchteten Pupillen mit samt Wimpern zu ihr: »Es geht echt um … Menschenleben. Kannst du dich nicht wenigstens an irgendeinen Namen erinnern?«

Sie gewährte nochmaliges Nachschenken. Immerhin saß er in einer Klemme und wohl darum hatte er Zuneigung zur Bürgerinitiative geäußert. Sie fühlte sich ihm irgendwie verbunden, hatten sie doch offenbar dieselben heimlichen Feinde, welche Radmuttern lockerten. Und er hatte wohl recht: Von Hilfsbereitschaft war in der »Karlshorster Speisestube« keine Spur gewesen. Im Krieg nannte man so etwas »Freundschaft im Graben«.

»Halten wir fest: Als die Akzeptanz eurer Bürgerinitiative am größten ist, wird Gert Sulima abgeschossen. Er ist euer Kopf. Du bist seine rechte Hand. Automatisch gerätst du dadurch mit ins Schussfeld. Außerdem hast du öffentlich Promis beschimpft. Das macht dich nicht eben beliebt. Die Superreichen zeigen ihre Rachlust weniger. Deren Rache wird kalt gegessen. Noch dazu, wenn du dich jetzt öffentlich engagierst, um ihn zu entlasten. Zwangsläufig suchst du Verbindungen zu ehemaligen Stasi-Mitarbeitern. Frage: Will jemand, dass dies so läuft, und wenn ja, warum? Sind es die Ex-MfSler selbst, was ich vermute, um sich interessant zu machen und öffentlich zu rehabilitieren? Oder will dies vielleicht sogar die andere Feldpostnummer, um sich an deine Fersen zu heften? Oder isses reine Arbeitsbeschaffung für den Verfassungsschutz?«

Das alles schien logisch und ohne jeden Hinterhalt.

»Wo kann ich mal auf Toilette?«

Nadja brauchte ein paar Minuten, um sich zu sammeln. Woher wusste er das mit den Radmuttern? Er zeigte ihr den Weg in den ersten Stock, wollte sie nicht zum kleinen Gästeklo unten neben dem Eingang schicken, sondern in das geräumigere. Das ging vorbei an den Fotos auf der Treppe, die Heribert mit Kohl, Schröder und Gysi auf einem Gartenfest zeigte, mit Lindenberg, mit Gundermann beim Rotwein, mit Stefan Aust und Schabowski, aber auch untergehakt mit Lothar Bisky. So schlecht konnte er wirklich nicht sein.

Sie sah in den Spiegel und wollte dann doch den Lidstrich nicht nachziehen. Verschönerung hätte ihn zu voreiligen Schlüssen führen können. Wie oft hatte sie in den letzten Wochen die Furchen der Anspannung und Hoffnungslosigkeit in ihrem Spiegelbild gefunden. Merkwürdigerweise kam ihr plötzlich auf dieser fremden Toilette eine andere Erinnerung. Sie sah sich gestern frühmorgens unausgeschlafen am Park entlangspazieren. Ringsum waren Gras und Unkraut von kalt schimmernder Taudecke überzogen, die der Horizont, der die feinen, verdampfenden Wölkchen beschien, noch nicht gestreift hatte. Und überall in den Briefkästen der nahen und weiten Nachbarschaft sah sie die MAZ klemmen. Mit ihrem Bild, mit ihrem Namen auf einer lokalen Seite darin. Und sie erinnerte sich an das klamme Gefühl, dass in all diesen Haushalten in wenigen Minuten sie – den Kleinstädtern mit Adresse und Lebenswandel bekannt – in irgendeinem Zusammenhang mit »Stasi-Verbrechen, radikalsozialistischer Wirtschaftsfeindlichkeit und vor allem dem Verlust von 147 Arbeitsplätzen in der Region« beim Frühstück verhandelt werden würde. Überall, in diesen Briefkastenschlitzen schien ein induktiver Stecker eingelassen, um die Meinungen an den Frühstückstischen mit allenfalls kleinen Verzögerungen –«gleichzuschalten«, nein, das war ein vorschneller Begriff, Achtung Physikunterricht – »parallel zu schalten«. Bis die Sonne die Taudecke ganz weggedampft hatte, waren alle hier auf gleicher Polung. Jeder würde dies dann als seine ureigenste Meinung im Betrieb oder später in der Kneipe ausgeben und damit noch die öffentliche Wirkung potenzieren. Für sie hatte diese Überlegung gestern bedeutet, schnell den frühmorgendlichen Spaziergang abzubrechen und sich noch hilfloser und fahriger, mit wieder und wieder diesem Würgreiz unterm Brustbein, aufs Sofa zu werfen.

Warum war ihr diese Erinnerung gerade hier hochgekommen? Seit sie hier in der lichthellen, schwarz-weiß gestylten Wohnung Heriberts war, fühlte sie zum ersten Mal die Fahrigkeit aus ihren Gliedern weichen, kam Sicherheit allmählich zurück.

Ihr Zuhause – das waren alten Möbel, das muffige Sofa, mittlerweile so vollgesogen vom bitteren Duft der Vergeblichkeit, der ihr immer in den Magen geflutet war, wenn jemand aus einer Zeitung zitiert hatte, dass sie darauf nicht mal mehr liegen wollte. Rainer, der Anwalt der BI, hatte ihr wieder und wieder erläutern müssen, dass es keine wirksamen Schritte dagegen geben würde, weil alles formal korrekt in den Zeitungen geschrieben war, mit »würde« und »mutmaßlich«. Und so war die MAZ, jeder Telefonist dort, geschweige denn Redakteur zu einer Allmacht gewachsen, weil sie sie in jedweder gewünschten Zeichnung in die nachbarlichen Haushalte hineinzerren durfte, zum Frühstück oder zum Abendbrot, mit einem Bild, was nichts mit dem Menschen zu tun hatte, den sie im Spiegel sah. Die Macht, die die veröffentlichte Meinung über sie und dieses öffentliche Zerrbild hatte, ließ ihr keine Verfügung mehr über ihr eigenes Gesicht, ja, selbst über ihre Bewegungen. Und so war sie durch die Straßen gegangen, lieber erst mit einbrechender Düsternis und lieber abseits der Menschen, für deren Wohlergehen sie ja einst mit der BI hatte streiten wollen.

»Es sind fast alles nur wertende Andeutungen,« hatte der Anwalt ausgeführt und entschuldigend die Arme gehoben. Die ›Bild-Zeitung‹ jagte zwar noch den IM Gert Sulima, aber hatte ihn nach seiner Flucht bereits abgeschrieben. Parallel dazu musste die Öffentlichkeit aber aufgeklärt werden, welche Fanatikerin da für die fortgesetzten Beleidigungen gegen den Bürgermeister verantwortlich zeichnete. »Landräuber« hatte das Gericht der BI bereits untersagt gehabt, dann war ein Flugblatt mit »Ökoterrorist«, die

Unterschriftenliste gegen den Straßenbau mit »Schreibtischmörder« erschienen, was SPD und CDU zur gemeinsamen Empörung veranlasste: Das war ein »Vergleich mit dem NS-Regime«. Selbst die PDS im Landkreis sah sich darob im Bunde der demokratischen Parteien zumindest zum »Unverständnis« veranlasst. Und just auf diesem Flugblatt hatte sie mit »V.i.S.d.P.« verantwortlich gezeichnet.

Nadja hatte kaum mehr länger als bis sechs geschlafen, gleichgültig wie spät sie ins Bett gekommen war. Sie formulierte Leserbriefe für Bekannte an die MAZ, die aber in der MAZ nie erschienen, entweder weil sie nie abgeschickt oder die nie abgedruckt wurden. Und jeder Kommentar in ORB oder MAZ – jetzt schon sogar in ›Focus‹ – hatte sich übersetzt in ein: »Hau ab von hier!«

Wenn da nicht ihr Versprechen an Gert gewesen wäre und die kleine zusammengeschmolzene Truppe von Umweltschützern. Und wenn da nicht ab und an die Musik gewesen wäre.

Und jetzt sang sie sogar wieder, hier, vor dem Spiegel von Heribert Swann, neben seinen reichhaltigen Jil Sander- und Versace-Fläschchen, Bürsten, Cremes und goldglänzenden Gillette-Bestecken, beim Kämmen sang sie »El Pueblo unido« der chilenischen Unidad Popular. Warum nur fühlte sie sich heute und hier so viel weniger armselig? War es tatsächlich Heriberts Umgebung, weshalb sie das Blei der letzten Wochen nicht mehr spürte?

Leichtfüßig, wie schon lange nicht mehr, hüpfte sie die weiße Steintreppe runter, wo Heribert im Ledersessel saß, aus dem er sportlich hochschnellte. Es war derselbe, den sie gerade eben noch auf Fotos mit den Größen dieser Welt gesehen hatte. Und er hatte auch nicht dieses routinierte Winner-Lachen auf den Fotos, sondern war lieb, offen und ihr zugewandt.

»Woher wusstest du das mit den Radmuttern?«

»Sie haben es mir selbst am Telefon gesagt.«

»Wer hat es dir gesagt?«

»Weiß ich nicht, kann ich nur vermuten, war kurz vor deinem Anruf. Hättest mir ruhig sagen können, warum du später kommst und die Karre zu Hause lässt. Das hätte ein Stück schneller Vertrauen wachsen lassen!«

»Was kann man erzählen, was behält man für sich? Ich weiß rein gar nix mehr!«

»Dabei spricht sich doch viel mehr rum, als wir glauben«. Und nach einer Pause: »Der ›Spiegel‹ recherchiert auch schon hinter der Seilschaft her. Und hinter euch.«

»Wie?«

Da, plötzlich wieder, flutete dieser gallenbittere Druck in den Bauch.

»Bis morgen weiß ich mehr. Wenn diese kriminellen Rentner enttarnt werden, ist das auch gut für Gert. Wenn sich einer mit Stasiakten auskennt, sind es die beim ›Spiegel‹. Ich krieg's nur immer über Umwege. Aber der Spiegel ist direkt an der Quelle. Das muss man ihnen lassen«

»Wie das?«

»Zuerst mal, wenn du auf den Namen Giesmeier stößt, sieh dich vor. Mit dem ist nämlich gar nicht gut Kirschenessen. Der Spiegel ist nicht das Problem. Das Problem sind Leute wie Giesmeier, die immer zuerst da sein müssen, die BND-Betreuung für Promis. Die Leiche ist noch nicht kalt, da ist der Totenschein schon im Blatt. So einer ist sich für keine Drecksarbeit zu schade. Der hat einen Namen zu verlieren, da werden Stasiakten geknackt, wie bei Canaris britische U-Boot-Codes. Da wird in Akten was reingebastelt oder gekürzt. Die kennen alle Schreiber, sind teilweise mit denen sogar per du, kennen jedenfalls«, nun hüstelte er heiser, »die Preise von fast allen! Und die haben ihre Deals mit allen Diensten auf dieser Welt. Am Ende brauchen wir alle dasselbe: Mitspieler. Schau dir die PDS-Spitze an. Auch da geht es ums Mitspielen. Da hat einer ganz oben, Wahlkampfchef, Spitzenkandidat, mit einer Akte und zwar einer ziemlich säuischen, so mit frisch gelieferten Abhörprotokollen vom Vögeln, sogar die eigene Bettgenossin und einen Schlüsselabdruck vom Spind des NVA-Kameraden. Würde der nicht mitspielen, der wäre längst tot, mausetot. Aber er bereut öffentlich – und es läuft! Spitzenkandidat für Europa. Und nix im ›Spiegel‹. Das sollte sich Gert auch mal überlegen!«

»Ja, aber, die Konkurrenten? Dann schreiben die doch erst recht darüber.«

»Der Spiegel hat keine Konkurrenten.«

»Na, und ›Stern‹ und ›Focus‹?«

»Die haben die Akte von diesem PDS-Guru genauso. Und die schreiben auch nix drüber. Mitspielen heißt auf beiden Seiten: genereller Quellenschutz. Denn aus der Quelle kommt ja immer alles her – in den Redaktionen oder anderswo fließt es dann nur zusammen. An der Quelle sitzen die, die dich völlig reinlegen können, oder die dich reinwaschen. Nicht ganz, aber ausreichend!«

»Und du meinst, da ist gibt es Hilfe auch für Gert?«

»Aber klar. Morgen abend weiß ich, wie gesagt, 'ne Menge mehr. Wollen wir dann essen geh'n, danach, später?«

Nadja in normalem Zustand, hätte einen Anmach-Termin so nicht akzeptiert. Aber von ihrem Hinterkopf leuchtete plötzlich durch das diesige Gewölk aus Bedrohlichkeiten ein Lächeln, das glättete ihre Stirn, wuchs zu Wangengrübchen. Wie wäre es, diese Kontakte auf den Fotos nach allen Regeln der Kunst zu nutzen? Wär' er das Schwein, für das Pierre ihn hielt, geschähe es ihm ganz recht. Wär' er aber der, für den Nadja ihn zu halten begonnen hatte, dann müsste er dies wahrscheinlich sogar später verstehen.

Wenn schon keiner aus der Seilschaft einen Gerichtszeugen für Gert abgeben wollte, konnte sich vielleicht irgendein Profi oder Prominenter aus Heriberts Dunstkreis für Gert einsetzen, oder einer der Quellen-Experten, von denen er behauptete, die könnten alles frisieren, was mit Akten zu tun hat – oder glätten.

Kundschaften

Zum ersten Mal verspürte Nadja wieder Lust auf ein sehr ausgiebiges Haarewaschen und -föhnen, auf ein weißes langes Kleid mit Ausschnitt, und auf das, was Gert früher »Nahkampfbemalung« genannt hatte. Eigentlich hätte sie die Wohnung gleich mitputzen können, wenn die Zeit gereicht hätte. Starre, goldene Lamettastreifen der letzten Sonne reichten von dichten Wolkenfetzen bis auf die dunkelblau geblümte Kommode vorm Fenster, Kontrast zur Staubschicht auf dem Plattenspielerdeckel. Sie übte Lachen um die Augen mit Grübchen, während sie Schulterpolster einlegte – seit langem wieder mal. Da schimmerte nun endlich Sonne in den verwunschenen Wald. Die Akte zu knacken, an einem einzigen inneren Widerspruch. Mit Hilfe der Aktenknacker-Profis von Heribert.

Wie weit dürfte sie dabei gehen? fragte sie sich beim Hellblaulackieren ihrer Nägel. Bei den Lippen entschied sie sich fürs sinnliche Rosenrot. Schmoren sollte er schon, obwohl sie seinen Blick mochte und seine Hände schlank und sehnig waren. Zum ersten Mal, seit all diesen miesen, galligen Tagen, war da wieder etwas Aufrechtes in ihrem Kreuz, konnte sie den Po schwenken und die Lider senken. Und sich vorm Spiegel den Amaretto mit einem »Hallo, Lady Mata Hari« zuprosten.

Das kubanische Restaurant an der Oranienburger Straße musste offensichtlich einem guten Bekannten von Heribert gehören. Jedenfalls wurde sie mit Namen begrüßt, ihr aus dem Mantel geholfen und sie zu einem dezenten Ecktisch mit Kerze, langer weißer Tischdecke und dem sich galant erhebenden »Senior Sewann« geleitet, während die Gitarrencombo die Carlos-Puebla-Kantate auf Che Guevara anstimmte.

»Ein wunderschöner Abend, eine wunderschöne Frau«, Heribert war jungenhaft offen und irgendwie hatte er soviel natürliche Bräune, dass von Carotin keine Spur mehr zu sehn war.

»Wir sind rein geschäftlich hier«, antichambrierte Nadja zurück.

»Rein menschlich! Und rein ökologisch. Immerhin wollen wir eine Region retten und einen Gert!«

»Was hast du rausgekriegt?«

»Nun lass uns erst mal bestellen. Die Küche hier ist klasse. Übrigens überhaupt nicht kubanisch. In Kuba stell' ich normalerweise die Nahrungsaufnahme ein. Aber der Fisch hier ist eine Sensation. ... Du siehst derart bezaubernd aus ...«

Sie benötigte geschlagene 30 Minuten, um sich durch alle Themen wieder auf die Frage hin zu arbeiten, ob er beim »Spiegel« fündig geworden war.

»Klar ham die was rausgekriegt. Dass du mit ›Kalle, dem Chamäleon‹ in der Kaschemme in Karlshorst warst. Und dass sie ziemlich dicht dran sind.«

»Dicht woran?«

»An Gert,« er knackte eine Weißbrotrinde, »... an der BI, an dir.«

Da war er wieder, der Donner im Magen. Sie versuchte sich, an die Machtfiguren auf ihrem gestrigen Weg hoch in seine Toilette zu erinnern, die soviel Ruhe ausgestrahlt hatten.

»Vor allem, dass jemand aus Gerts Akte die Verpflichtungserklärung geklaut hat. Nur noch ein aufgerissener Briefumschlag ist drin, auf dem außen, wie das bei der Firma so üblich war, »Verpflichtung« draufsteht. Völlig leer!«

»Aber es kann einfach keine Verpflichtung geben.«

»Klar hatte er eine abgegeben! Sonst gäbe es ja auch den Umschlag nicht.«

Sie spürte es wieder gallig hochsteigen. Er kannte die Macht der Presse über die Magenwände und auch in diesem Fall genoss er sie, obwohl sie doch vom Hauptkonkurrenten, bigbrother »Spiegel«, herrührte.

»The word is mightier than the sword« – diese Worte mit einem Wappen aus zwei gekreuzten Füllhaltern darunter, waren in ein Goldplättchen graviert an einer Cartier-Halskette um einen Fotorahmen gehängt, das Swann neben Jauch bei der Beerdigung von Hajo Friedrich zeigte, auch an seinem Treppenaufgang zur Toilette. Wie oft mussten sie so, schwitzende Volksvertreter, Kirchen- oder Gewerkschaftstypen vor ihm gesessen haben mit der Bitte oder auch der presserechtlichen Drohung, nur eines bloß nicht, den Akten-Klarnamen, in »Focus« oder der »Neuen Revue« zu bringen. Aber Swann war Richter und Staatsanwalt in einem. Und vor dieser freien Presse, da sind sie alle gleich, von der Bundes- bis zur Provinzebene, das hatte er ihr mit ernster Stirnfalte erläutert, als sie gestern Abend über die Leichenfeier seines »Vorbilds Hajo Friedrich« geredet hatten, the word is mightier than the sword!

»Nun hab mal keine Angst. Das werden wir alles wieder hinkriegen. Aber du musst offen sein, ganz offen.«

»… und mitspielen?«

»Nu hör mal, denkst du, ich wäre hier so offen mit dir, wenn ich dich nur zu einer Mitspielerin rumkriegen wollte?«

Er grinste herausfordernd und Nadja spürte durchaus Lust, die Kunst der Mata Hari an ihm auszuprobieren.

»Gestern Mittag, das war alles so anders. Du hattest Angst und irgendwie war'n wir am gleichen Strang. Und jetzt …«

»Du hattest mir nicht das mit Kalle erzählt.«

»Deshalb sitzen wir ja heute Abend hier,« log Nadja, »immerhin hab ich dir das Treffen mit denen prinzipiell durchaus zugegeben gehabt.«

»Aber nix detailliertes, oder?!«

Heribert sprach in die Musik hinein. Phasenweise hörte sie nichts wie einzelne Fetzen. »Doppelagent«, »überworben« … Dass der BND während der Wendezeit Einzelne von KGB und MfS nur darum angeworben habe, um sie in früheren Stasi-Strukturen einzusetzen. Alles schien ihr überflüssig, Überlegenheitsgetue ihres Gegenüber. Konnte er ihr etwa gar nicht helfen?

Nadja tupfte sich die Lippen ab und erhob sich zur Toilette. Auf der Treppe war ihr schwummerig. Sie registrierte nur zögernd, dass die Toilettenfrau ihr einen Zettel in die Hand drückte, just, als sie ihr Trinkgeld in das Holzkästchen mit der Aufschrift »Havana« legen wollte. Sie glaubte zunächst an eine besonders penetrante neue Werbeidee und wollte es in die Handtasche stecken, als die Alte sie bat, es sofort zu lesen und hernach wieder zurückzugeben. Darauf stand handgeschrieben: »Umschläge mit Verpflichtungserklärungen wurden **nie**mals zugeklebt. Also brauchen sie auch nicht aufgerissen zu werden. BITTE KEINE VERTRAULICHKEIT PREISGEBEN!«

Sie war verwirrt, als sie zum Tisch zurückkam.

»Warum schauen die Dame so streng?«

Einen Augenblick lang wollte sie ihm von dem Zettel erzählen, aber da sah sie wieder das Carotine um seine Nase, und die Combo begann zum dritten Mal mit »Guantanamera« und in Nadja war eine Sehnsucht nach dem Klang von Gerts Stimme, dem herben Tabak, seinem Rat. Oder wenigstens Pierre. Irgendetwas zog sie nun fort von hier.

»Nun, hast du dir überlegt, wie weit du gehen willst?«

Als ob er Gedanken lesen könnte.

»Da gibt's kein ›weit gehen‹. Ich habe mich mit denen getroffen. Und die waren zugeknöpft bis zur Halskrause und die Sache hatte ein baldiges Ende …«

»Aber wie, ich meine durch wen, hast du sie kennengelernt.«

»Warum willst du das wissen, Heribert?«, lachte sie nervös, »ist es wirklich so, dass sie dir nach dem Leben trachten?«

Ihre Braue beschrieb einen höhnischen Bogen.

»Falls du immer noch nicht ahnst, auf wen du dich da eingelassen hast: das ist die skrupelloseste, professionellste Falschspielerbande, die Erich Mielke hervorgebracht hat. Was in unserer Redaktion nur »die Seilschaft« heißt, scheut nicht vor Falschgeld zurück, nicht vor Diebstahl und nicht davor, mit einstmals feindlichen Diensten zu kooperieren und nicht …«, Heribert wurde stimmlos, »vor Mord! Die haben 1989 derart geschickt ihre Identitäten verändert, daß ich nur ihre Decknamen kenne, aber keinen von Angesicht zu Angesicht. Mit einem Wort: Wenn du mir hilfst – brauchst nur einen zu beschreiben, zum Beispiel –, dann holen wir Gert derart elegant aus der Scheiße, dass sich der Landrat noch persönlich bei ihm entschuldigt.«

»Vorher, sag mir eins, nein, erklär mir zwei Dinge. Woher weißt du, dass dieses Chamäleon dabei war?«

»Soll ich es dir ganz ehrlich sagen? Aber denk' dir nicht übermäßig viel dazu: Die Kellnerin konnte sich nur an den Namen ›Kalle‹ erinnern. Die Kneipe hatten sie nur für dich ausgesucht, da sind sie vorher und danach nie gesehen worden. Du siehst, sie haben dir ganz und gar misstraut … Und was willste noch wissen?«

»Ach … nix.«

»Nur raus damit! Ich habe keine Geheimnisse vor dir. Sei du nur auch offen zu mir.«

»Ach, nee. Es war echt nicht so wichtig.«

Plötzlich war sein Gesicht nahe vor dem ihren, seine Augen standen fest in ihrem Blick und waren ganz offen: »Ich sage dir nun etwas, was nur jemand versteht, der mit dieser Geheimdienstmaterie wirklich vertraut ist: es gibt den Begriff des ›auf beiden Schultern Tragens‹. CIA plus KGB – in einem Agenten vereint. Und bei unseren Freunden ist das auch so. Sie sind während der Wende – so wie viele – mit einem Freifahrtschein des Verfassungsschutzes ausgestattet worden. Deswegen helfen sie dir nicht. Deswegen machen sie dir hinterher. Deswegen pass vor ihnen auf. Sie spielen mit dir.«

Sie hätte ihn beinahe fragen wollen, warum der Briefumschlag aufgerissen gewesen sein sollte. Wo doch das MfS die Umschläge niemals zugeklebt hatte. Aber nun war sie unsicher geworden. Heriberts forsches Kompliment-direkt-in-die Augen-lachen hatte sich in ernstes Begehren gewandelt.

Das und der Rotwein, die karibische Combo, die kaffeebraun lackierten Holztische gaben ihr etwas Halt zurück. Und sie spürte plötzlich sogar den Drang, Heribert mit der Bürgerinitiative zusammenzubringen. Als er jedoch Anstalten machte, sie zu sich »auf einen selbstgemixten Mojito« einzuladen, wollte sie gleich das Ganze verschieben. Er hatte immerhin die Kellnerin in der Karlshorster Kneipe ausspioniert. Und außerdem: Absagen entsprachen ihrer Art. Er half ihr galant ins Jackett, hielt sie zwei Sekunden lang dann aber fest bei den Schultern. Es war kein übles Gefühl. Sollte sie Gert helfen oder treu bleiben?

Im Auto tat ihr, wie so oft früher, die Absage schon wieder leid. Da fiepte ihr Handy schon: »Weißt du, dass ich mich heute Abend so wohl gefühlt habe in deiner Nähe. So wohl, wie ganz, ganz lange nicht mehr?«

»So?«

»Ja! Und dass du mir das Gefühl gibst, mein Leben habe noch einen anderen Sinn, als nur ewig irgendwem nach dem Mund zu schreiben, irgendwelchen Sensationen hinterher zu geiern oder vor irgendwelchen Politstars den Kumpel zu geben.«

»Nun«, Nadja versuchte es in cool, mit etwas Distanz »der Abend war wirklich heiter. Das Essen war super, die Combo hat einen tollen Rhythmus drauf, der Kellner ...«

»Und der Gesprächspartner? Der hat dich gestört, sag's, der war zu aufdringlich ...«

»Nein, nein ...«, lachte sie und zog das zweite »nein« zum Trost in die Länge.

»Doch doooch ...«

Da klopfte es am Handy für ein zweites Gespräch an.

»Moment bitte«, unterbrach sie Heribert. »Hallo ... Wer ist da?«

»Dieser Kontakt, Nadja, ist nichts für Sie. Halten Sie sich fern von Swann!«

»Hallo, wer ist da, wer sind Sie?«

»Lassen Sie die Finger von diesem Menschen!«

»Ich versteh' nicht.«

Die Stimme war tief und kaum zu erschüttern: »Der Mensch ist keinerlei Hilfe für Sie.«

»Wer sind Sie, was mischen Sie sich da ein?«

Die Stimme blieb gleich wie eine Telekom-Ansage: »Sagen Sie ihm wenigstens, dass er Ihnen nicht hinterher spionieren soll.«

»Wie?«, sie blinzelte vom Rück- in den Außenspiegel, sah einige Autos hinter sich, konnte aber Heriberts SLK nicht erkennen, und kratzte allen Mut zusammen, um professionell zu klingen: »Warten Sie, bleiben Sie dran, sagen Sie mir gleich mehr, Moment bitte.«

Es war unheimlich geworden.

Sie makelte am Handy zurück zu Heribert: »Ich habe gerade einen wichtigen Anruf bekommen, lass' uns abbrechen.«

»Wer ist es denn ...?«

Aber als sie nicht antwortete: »... können wir nachher noch mal telefonieren?«

Da hatte sie ihn schon weggetippt, war wieder bei der sonoren Stimme, die sie glaubte, von irgendwoher zu kennen: »Was heißt spionieren?«

»Dass er Ihnen zwar den ganzen Abend was von Vertrauen erzählt, es aber dann nicht einmal für nötig hält, zu sagen, wenn er Ihnen ständig drei Autos hinterher auf den Fersen ist. Das nenn' ich ›ausspionieren‹.«

»Das nennen Sie ›ausspionieren‹, ja? Und was tun Sie? Sie observieren mich bis auf die Toilette, fahren auch hinter mir her, und im Unterschied zu Herrn Swann sind Sie anonym.«

»Aber ... ich will Ihnen nicht schaden, sondern nützen. Das ist der ganz große Unterschied.«

»Erst bringen Sie uns zusammen, drehen seine und meine Radmuttern locker, und lassen mich überfallen?«

»Waaas?«, jetzt war die Stimme erhoben, »keine Sekunde habe ich versucht, diesen Swann und Sie zusammenzubringen. Denken Sie lieber mal nach, bevor Sie solche Verdächtigungen aussprechen! Sagen Sie ihm jetzt endlich, er soll mit der Verfolgung aufhören, dann sind Sie uns auch los. Sagen Sie es ihm. Sonst trägt er einen Schaden davon. Warnen Sie ihn ruhig, das versteht er.«

Ein dumpfes Rauschen sagte ihr, dass der Gesprächspartner entweder in einem Funkloch gelandet war oder abgebrochen hatte. Ihr blieb kaum Zeit zum Nachdenken, denn Heribert war schon wieder an ihrem Ohr: »Sag mir doch, wer das war?«

Aus Nadja platzte es heraus: »Sag mal, fährst du hinter mir her?«

»Wie kommst du denn darauf?«

»Beantworte mir zuerst meine Frage: Verfolgst du mich?«

Heribert klang kleinlaut: »Nadja, ich bin total verschossen in dich. Ich kann jetzt sowieso nicht heimfahren.«

Sie war hin und hergerissen, mehr noch als in dem kubanischen Restaurant, entschied sich dann aber für die kalte Variante: »Also du bist hinter mir! Und sagst es mir nicht. Es ist wirklich besser, du lässt mich jetzt alleine weiterfahren ...«

Sie wusste nicht genau, ob es richtig war: »... auuuuch besser für dich, es wäre nachteilig!«

Er pausierte: »Okay, ich fahr nicht mehr hinter dir her. Sei nicht sauer. Ich wollte nur in deiner Nähe sein.«

»Das sag' mir aber bitte rechtzeitig vorher. Ich mag es nicht, ausspioniert zu werden.«

»Nadja, du bist die schönste, klügste, mutigste Frau, die ich kenne, die ich je kennengelernt habe. Wenn einer wie ich eine wie dich trifft, dann weiß er einfach: jetzt oder nie. Dann kann er nicht einfach so weiterleben. Er würde sich bis an sein Lebensende in den ... verzeih ...« es hauchte nur noch im Ohr: »... Arsch beißen.«

Er konnte ihr triumphierendes Lächeln nicht sehen.

»Dann muss er zupacken, darf nicht lockerlassen ... Ey, ich glaube ... was ist denn jetzt? Mensch, Scheiße ... Mein Auto hat etwas, du, einen Moment mal bitte ...«

Nadja hörte seine Autotür schlagen, einen Moment dauerte es und brachte einen vollständigen Wechsel in seine Stimmlage: »Das gibt's doch gar nicht. Was ist denn das? Du, bist du noch dran? Das ist ein Platter, meine sämtlichen Reifen sind platt, ...«

Nadja sah im Rückspiegel hinter sich Warnblinkzeichen zum rechten Straßenrand bewegen.

»Du bist also doch noch hinter mir gewesen?«

»Du, lass mal, ich muss jetzt erst mal das hier in Ordnung bringen.«

Seine Stimme war wieder so sachlich, wie bei der ersten Begegnung in seinem Haus mit Pierre. Nadja verstand gar nichts mehr.

Zu Hause saß sie grübelnd vor einer halben Flasche »Rotkäppchen« und schüttelte zum soundsovielten Mal den Kopf, als es an der Tür klingelte.

Heribert hatte wieder alle brüchige Wiskeywärme in der Stimme: »Darf ich mir mal die Hände waschen?«

Jackettärmel und Hände waren voll rußigem Öl und er hielt sie ihr mit hängenden Schultern entgegen.

»Komm rein.«

Sie spielte kurz mit dem Gedanken, ihm von dem geheimnisvollen Anklopfer auf ihrem Handy zu erzählen, aber wurde dann skeptisch, als er beiläufig murmelte: »Ich bin in Wahrheit abergläubig, Nadja. Es ist wie ein Zeichen gewesen, als du sagtest, ich dürfte nicht mehr hinter dir herfahren und ich mir einen Moment überlegt habe, ob ich wirklich von ...«

Und mit reichlich Sachlichkeit jegliches Pathos aus der Stimme drängend: »... von dir lassen kann. Da war mir im Unterbewusstsein klar, dass mein Auto jetzt ... sprechen würde. Und es hat gesprochen. Beide Reifen, stell dir vor, beide Reifen waren platt! Beide auf einmal. An dieser Ampel. Ist doch eigentlich unvorstellbar. Eigentlich müsste ich nun die Finger von dir lassen. Aber die chinesische Sternlehre sagt: Manchmal will das Schicksal dir nur mit besonders hohen Barrieren den Weg zum Glück weisen.«

»Ich bin überhaupt nicht abergläubisch,« sie zog die Augenbraue spöttisch hoch und lachte nach einer kleinen Pause, »das bringt nämlich Unglück!«

Es dauerte einen Augenblick, bis der Witz auch auf Heriberts Mund übergriff. Sie wollte ihm nicht zeigen, dass sie ihm den Aberglauben nicht abnahm und machte, wie die echte Matahari, einen Scherz.

Und da waren wieder die Spaniel-Augen. Die Stimme schmeichelte gedämpft, samtig und wiskeyrauh. Er streckte ihr die frisch gewaschenen Finger mehrfach wendend und begutachtend entgegen im festen Glauben, dass Frauen solcherlei schlanken Händen nicht widerstehen können. Nadja ahnte das alles und wollte es auch wieder nicht ahnen. Denn Heribert war schön, die elegante Art in dem Restaurant, mit der er grüßte und gegrüßt wurde, die Fotos, die ihn so strahlend und unangestrengt neben den Größen zeigten, die für ihren Weg zu Gert so maßgeblich werden könnten: Alles das stand gegen die Zweifel. Auch gegen die Verunsicherung durch die Anrufe ihrer unsichtbaren Beobachter.

Aber nun hing da eine Entscheidung im Raum: Sollte sie ihm den Weg freimachen, sich ewig oder nur lange sträuben? Er würde zweifelsfrei in wenigen Minuten mit seinen strahlenden, langen Händen an sie herankommen wollen, seinen warmen Atem um ihren Hals spülen und samtene Wiskeyworte summen. Warum klingt das Heisere sexy, fragte sie sich und dachte an eine

Sulima-Theorie: weil das Hässliche das Beschädigte ist und das Schöne das Heile. Aber weil eben auch das Schöne des Beschädigten bedarf, um sich daran abheben zu können. Das Heisere also war das Kränkliche und außerdem klang es immer irgendwie nach Tränen und gebrochenem Trotz.

Bei Heribert funktionierten Hände und Hohlkreuz, Blicke und Stimme. Wieder hätte sie in sich hineingrinsen können ob des Gottvertrauens, mit dem dieser Mann glaubte, wehmütige Blicke einfach an- und abschalten zu können. Sie dachte noch einmal an Gert und seine Vorträge, wo alle an seinen Lippen gehangen hatten: »System hat System beim Schaffen von System; ein erfolgreiches System ist nichts Statisches. Es muss sich immer wieder neu schaffen. Wie Feuer. Oder wie ein Computerbild. Nur dadurch existiert es fort, dass es immer wieder abstirbt und neu angepasst im gleichen Moment wieder neu zusammenfließt. Der Kapitalismus schafft den Parlamentarismus. Dieser schafft sich die Parteien. Die oberste Regel der Einverleibung lautet: Richtet euch nach den herrschenden Medien.« Heribert war ein ausführendes Organ. Aber angenommen, durch seine Liebe zu ihr würde er aussteigen, würde da nicht ein unschätzbares Wissen den Besitzer wechseln?

Sie hätte ihm vielleicht die Tür weisen können, obwohl er Mitleid gepunktet hatte. Sie kannte den Stimmungs-Teig aus Angeschautwerden. Und das, was sich da mit den Rauchfäden unter der Lampe breit machte. In diesen Teig kann man wie Max und Moritz am Ende selber eingebacken werden. Aber doch nicht als Mata Hari? Er wollte über die Seilschaft mehr wissen, als Giesmeier wusste. Und sie wollte den Schlüssel zum Tresor der Stasi-Jäger.

Alles an dem toughen, schneidigen Tausendsassa vor ihr war nun auf Schmelz eingestellt. Sie wusste, dass sie jetzt oder nie »nein« sagen musste. Aber war sie nicht auch im Auftrag einer besseren Sache unterwegs? Ihre Pupillen gestatteten seinen dunklen, melancholischen Augen Zutritt. Sie wusste genau, dass er jeden Moment die schlanke Hand ausfahren würde.

Gerade eben noch rechtzeitig wandte sie ein, ihren Anrufbeantworter abhören zu müssen. Aber das brachte eine neue Wendung. Zuerst war da nach langer Zeit und wie aus tiefer Versenkung die Stimme von Gert: »Okay, ich ruf noch mal später an«, worauf Nadja nicht wusste, ob sie sich freuen sollte. Dann kam eine Meldung, bei der Heriberts Spanielaugen eng wurden: »Hier ist Michail Giesmeier, Redaktion der Spiegel. Liebe Frau Bulan, würden Sie mich einmal zurückrufen. Egal wann, hier ist meine Handynummer, 0170-5567799. Ich wiederhole noch einmal ...«

»Wiederholt der auch noch? So, als ob du nicht das Band zurückspulen könntest, wenn du ihn tatsächlich zurückrufen wolltest«, brummte Heribert.

»Ist aber doch nett, dass ich es nicht muss«, grinste Nadja beim Notieren.

»Du rufst den doch jetzt nicht an?!«

»Warum denn nicht?«

»Nadja, das ist der schlimmste Kerl in der Branche. Wirklich. Ein Oberschwein, wenn du dem die Hand gibst, musst du die Fingerchen zählen danach. Mitten in der Nacht den anrufen? Immerhin hast du auch was getrunken. Ein falsches Wort und die Paste geht nie wieder zurück in die Tube. Da kannste die BI abmelden.«

»Verstehst du, ich will endlich wissen, wie ich Gert aus der Scheiße holen kann. Gert ist nun mal die BI, da hängt so verdammt viel davon ab, da ist einfach alles hin, wenn die Neue Bad-Straße gebaut wird.«

»Nadja, zuerst mal: Die paar Meter Straße hat doch überregional keine Sau interessiert. Aber dann haben eine Zeitung und die ARD daraus ein Symbol gemacht: ›Winner im Osten!‹ Und prompt kam die Akte. Schnallste was? Das ganze Thema Neue Bad-Straße ist ein Scheiß ... Aber ist ein Selbstläufer geworden. Jetzt geht es nur noch darum, dass ihr verliert und dass das vor allen TV-Guckern aufgezeigt wird. Und da ist Giesmeier echt der letzte, der dir irgendeinen Fingerzeig geben würde. Nur ich kenn' seine Tricks. Du könntest da auch direkt zum Verfassungsschutz gehen und um Hilfe bitten. Der Mann ist eigentlich nur nach außen Journalist, in Wirklichkeit trägt der auf der anderen Schulter.«

»Vorhin hast du viel anerkennender von ihm gesprochen.«

»Ich komm irgendwie mit ihm klar. Ist kein Akt, eigentlich. Weil ich seit Jahren seine Fallen kenne. Aber du darfst dich nicht mit ihm einlassen.«

»Wer sagt mir denn, dass du nicht auch auf zwei Schultern trägst?«

Heribert spielte ironisch vor, sich verlegen auf die Lippe beißen zu müssen: »Nun, da hast du mich aber auf dem falschen Fuß erwischt. Wie komm ich da wieder raus?«

Als Ärger aufwallen wollte, schob er, als ahnte er seine vorgegebene Rolle, hinterher: »Woher du das wissen sollst? Weil ich dich liebe! Weil ich nicht mehr weiter weiß ohne dich. Weil ich Tag und Nacht dein Gesicht vor Augen habe, deine klugen Sätze höre, dir helfen will, wo immer ich kann.«

Nadja war hilflos vor lauter Überlegenheit. Hinter ihren Pupillen sprach die Agentin der guten Sache. Alles sonst war ein Geschehenlassen.

Einsatzgebiet

Es war erst 7:30 Uhr. Heribert war längst runter zu seinem Taxi gegangen, mit den Worten: »Morgen muss ich mir die Reifen wechseln lassen, war sowieso mal Zeit, auch für 'ne neue Marke!«

Nadja war erfüllt von diesem Gefühlsmix, wie oft »danach«. Jenem nach zu hängen, dem sie sich schamlos gezeigt hatte. Daneben Scham für eben diese Hingebung, sich selbst belächeln. Bis wieder punktuelles Überlegensein aufblitzte. Klar, er hatte die bedeutenden Kontakte, wusste wie Stasiakten zu knacken sind und konnte der Bad Saarow und Gert helfen. Aber per Infrarot einen BMW zum Blinken bringen und zu rufen: »Schau mal, wie er mich begrüßt« – das hätte er nicht nötig gehabt. Ihre »emotionale Intelligenz« – davon hatte er wenig, war dafür Kavalier mit aufregendem Body, den sie in ihre Verfügung gebracht hatte. Und durchaus ein Netter. Der sogar subversive Sätze zum Mitschreiben parat hatte: »Alles wird überreglementiert in unserem

Staat. 1000-prozentige Ampel-Überfüllung an nächtens unbefahrenen Straßen. Handyverbot, Promillegrenze und Radarfallen – wie in der Zone. Wenn die könnten, würden die noch Geräte erfinden, die die Müdigkeit am Steuer messen, um bei Klein- und Mittelverdienern richtig Kasse zu machen. Der arme ›Bild‹-Leser soll immer erst Skandale beklatschen – und nicht merken, wie er selber dabei draufzahlt. Nur die ganz oben brauchen gar keine Regeln.«

Warum war Nadja für Gert nicht einmal nur so was wie ein »geiles Teil«, Songtitel von Maurenbrecher in seinem CD-Regal? Lieber nannte er sie »Lady«, hielt ihr einen Vortrag und ging in den Puff nach Berlin, was er sogar zugab: »Die wenigsten Komplikationen.«

Nun waren da einfach nur zwei geile Teile aneinander gekommen. Und vielleicht lösten sich noch andre Knoten by the way. Bald schon würde Heribert wieder am Handy sein. Und wann überhaupt rief Gert sie endlich an? Ahnte er etwas? Auf ihrem Anrufbeantworter sah sie seine polnische Nummer. Uhrzeit hin oder her: sie hielt es nicht aus. Eine hohe krächzende Stimme meldete sich in polnisch. Drei Mal musste sie gedehnt den Namen »Gert Sulima« rufen, bis sich die Stimme nach hinten verflüchtigte und sie endlich Gert am Hörer hatte. Sie spielte Aufgeregtheit, um die Uhrzeit zu überdecken.

»Was ist denn looos? Hab deine Nummer im AB gesehen.«

Und es bestand tatsächlich Grund dazu.

»Hi, Lady. Mein Anwalt hat mich gestern Nacht angerufen. Irgendwoher behauptet er, es würde eine Verpflichtungserklärung geben.«

»Von dir?«

»Klar, von mir. Was andres würden sie im ORB kaum bringen.«

»Oh, ich habe mindestens fünf Stunden kein Radio mehr gehört.«

Sie klang unschuldig.

»Schriftlich kann es gar keine Verpflichtungserklärung geben. Aber, was weiß ich, was diese Leute notiert haben … Obwohl sie das, selbst nach MfS-Richtlinien, überhaupt gar nicht durften ...«

»Und, was heißt das?«

»Das heißt, dass ich den Prozess erden kann. Wenn eine protokollierte Verpflichtungserklärung vorliegt, gilt die vor Gericht laut neuester Rechtssprechung als unwiderlegbar. Selbst wenn sie nur protokolliert wurde, also ohne dein Zutun entstanden ist. Wenn du also irgendwann und irgendwo gesagt haben sollst, der DDR nicht schaden zu wollen und über deine Kontakte im Westen die Schnauze zu halten und die das entsprechend aufgedonnert zu Papier gebracht haben, um sich bei ihren Vorgesetzten wichtig zu machen, dann ist heute jeder Presseprozess verloren ... perdu, out und vorbei.«

»Das heißt, ab übermorgen dürfen dich alle IM nennen.«

»Genau das! Ich will dir was sagen, ich habe mir das genau überlegt. Geht als BI ruhig auf Distanz zu mir. Sagt irgendwas von menschlicher Enttäuschung, schließt mich meinetwegen vorübergehend aus oder irgendwas.«

»Niemals«, schrie Nadja, der sich die Füße mit Eis und das Brustbein mit der bekannten Galle überzogen. Sie ahnte sofort, welche Schlaflosigkeit sie wieder nachts und welcher modrige Schwindel tagsüber unausstehbar machen würde. Wieder das in den Briefkastenschlitzen nistende MAZ-Grauen.

»Wer diese Terrormaschine nicht kennt, weiß nicht, was das für ein Gefühl ist«, flüsterte sie in den Hörer, ließ das Kinn über die Brust sinken und schloss die Augen, um hypothetisch vor dem geistigen Auge Heribert zu sehen, dem sie gerade Gerts Vorschlag, auf Distanz zu gehen, erzählt haben, und der mit inbrünstiger Whiskeystimme »ihm ausnahmsweise mal völlig recht geben« würde.

»He, hallo, Nadja, warum sprichst du nicht weiter?«, rief Gert in den Hörer.

»Distanz kommt für uns nicht infrage!«, kam es monoton.

»Frag erst mal die anderen und besonders Maik. Er ist nun mal jetzt der Kopf. Ohne die PDS kannste aufstecken!«

»Distanz kommt für uns nicht infrage.«

Nadja war plötzlich ganz ruhig, flüsterte fast: »Meinste nicht, wir sollten mal mit irgend so einem Vorgesetzten von Maik reden. Die PDS hat doch genug Stasis in ihren Reihen.«

»Aber die haben die Nase voll davon, sich immer vor Problemfälle stellen zu müssen, die wollen an die Macht. Egal an welche, aber darauf wurden sie abgerichtet.«

»Kleiner Zyniker, wa? Wenn's dir scheiße geht, sollen alle die Hoffnung fahren lassen? Jedenfalls für mich gibt es keine Distanz. Lieber zur BI als ... zu dir.«

»Ich danke dir, Nadja. Es gibt wenig, das immer noch so gut tut. Weißt du, auch wenn ich gelegentlich etwas über dich hinweg gegangen bin, weil ich doch mit deinen jugendlichen Verehrern kaum mithalten kann ...«

»Gert, das ist jetzt gewiss nicht der Anlass ...«

»Doch, nee, lass mich das jetzt mal so sagen ...«

»Weil wir so weit auseinander sind, ja? Deshalb jetzt an dem teuren Telefon ...«

»Mensch Nadja, in so einer Lage merkst du erst was echte und wahre ...«

»Oh Gott, Gert, fang jetzt bloß nicht an mit goldenen Sprüchen. Bitte jetzt keine famous last words ... Lass uns noch kurz über die BI reden. du meinst, an Maik führt kein Weg vorbei?«

Dann kam Gert auf Heribert, den er »auch so ein Frettchen« nannte: »Erzähl dem bloß nicht zuviel.«

Einen Moment lang ärgerte sie sich über Gert. Dann schob sie es auf seine Lage. Dafür berichtete sie ihm umso ausgiebiger über ihren Besuch bei den MfS-Rentnern: »Diese Typen! Die haben nun deine gesamte Biographie auf dem Gewissen und die BI geht auch noch an ihnen kaputt. Aber Gewissen – nee, 'n Fremdwort für die!«

»Das sind diese Parteihochschulen. Ausgebildet, wie man sich mit den jeweils Mächtigen auf du und du stellt, denen die Unbequemen vom Hals hält. Courage gegen das, was gerade herrscht, ist denen so fremd wie ... Mondgestein, ham die nicht drauf, fehlt als Speichereinheit.«

»Aber der Gysi hat einiges durchgemacht, das kannste nicht ableugnen.«

Nadja mochte Gerts Hasstiraden auf die PDS nicht sonderlich, sein ewiger »Restbestand Wessi«. Was sollte man denn anderes wählen? Aber wenigstens schimpfte er wieder mal.

»Also ich sage ja nichts gegen alle, die Alt-SEDler zum Beispiel, die noch aus der Aufbauzeit stammen, die haben Prinzipien, da ist noch 'ne Moral. Aber die Ulbricht-Generation hat sich verabschiedet.«

»Ist mir zu hoch! Die in der Kneipe waren doch auch Rentner.«

»Allenfalls Frührentner. Das war schon die erste Generation von saftlosen Eliteanwärtern, für die 89 nix war, als ein Karriereknick.«

»Und das, meinste, sind Gründe, warum die PDS dir nicht hilft?«

»Der Fahrradreifen muss auf große Distanz gehen zur Straßenbahnschiene. Warum? Weil sie der liebe Gott so ähnlich gemacht hat.«

»Es ist spät. Lass uns jetzt nur das Wichtigste besprechen. Wie geht's dir denn da, so abseits von diesem ganzen Scheiß hier? Das hätte ich dich am Anfang ja gleich fragen können.«

»Ach, da müssen wir ein andermal ausführlich drüber plaudern. Jedenfalls ist es ein merkwürdiges Gefühl, dass man da, wo man die Zeitung nicht kriegt und das Fernsehen nicht einschaltet, irgendwie nur noch die halbe Wucht der Bedrohung spürt. Das ist ein kleines, emsiges Dorf, wo sich alle gegenseitig helfen beim Schweineschlachten und Leitungenreparieren, wo die Hälfte arbeitslos ist und irgendwie damit zurecht kommt. Wo du ein-, maximal zweimal die Woche ein Stück Fleisch hingestellt kriegst und wo es trotzdem schmeckt. Jeden Tag wandere ich 10, 12 Kilometer, schreibe ein paar Sachen, die überhaupt nichts mit Fürstenwalde zu tun haben und versuche einfach, ganz wenig an die Zeitungen in Deutschland zu denken. In den ersten Tagen, sag ich dir ganz ehrlich, wollte ich Tabletten nehmen, einmal einen ganzen Haufen, damit es vorbei ist, dann ein paar zur Beruhigung jeden Tag. Nein, das machste nicht, den Gefallen tust du denen nicht. Dann ist es bei einer halben Flasche Rotwein jeden Abend geblieben und mal einen Kartoffelschnaps aus der Gegend. Und heute, ich bin fast stolz drauf, brauch ich ganz wenig. Obwohl: mit dieser Neuigkeit wird's heut' Nacht nicht ohne abgeh'n!«

Aus Gert war das alles herausgesprudelt, als wolle er sich vom ersten Teil des Telefonats ablenken. Der braucht das, dachte sie. Und es war gut, dass es nicht noch mal in Richtung Heribert ging. Sie verabredeten sich für den nächsten Abend. Nadja wusste, dass diese Nacht beiden eins gemeinsam brachte: geschwitzt sich hin und her zu wälzen. Sie warf sich aufs Bett und hob böse grinsend sofort wieder den Kopf, wie auf frischer Tat ertappt, als sie Heriberts Jil-Sander-Background aus ihrem Kissen roch. Es wurde die grässliche Nacht, die sie kommen gesehen hatte und Jil Sander war gegen 6 Uhr tatsächlich nur noch »Background« für den eigenen Schweiß.

Realpolitik

Das BI-Treffen war von Maik als »Krisensitzung« einberufen worden. Sie waren trostlos und nur zu neunt.

»Ihr wisst, dass das Planfeststellungsverfahren in seine letzte Runde geht. Wenn wir richtig »Glück« haben, kommt vorher noch das Urteil des Landgerichts Berlin, wovon sich Gert ja nicht hat abbringen lassen. Und wie das ausgeht, können wir uns an den fünf Fingern abzählen.«

»Du willst doch nicht sagen, dass Gert das einfach so auf sich sitzen lassen sollte?« brauste ihm Nadja dazwischen.

Maik bekam dünne Lippen und einen leisen Ton. »Ich verstehe doch deine Aufgeregtheit, und glaub' mir, wir alle kennen auch Gert …«

»Sag nicht ›wir‹ wenn du ›ich‹ meinst, Maik, mir langt das, wie du immer alle versuchst gegen Gert, der sich nicht wehren kann, für dich zu vereinnahmen, mit deinem ›Wir‹.«

»Du musst mich ausreden lassen. Wir wollen, dass Gert aus der Nummer sauber rauskommt. Keiner von uns will, dass dieser

Verdacht an ihm kleben bleibt. Auch hier im Ort. Er muss sich jetzt nur mal zurücknehmen können. Gerade weil bürgerliche Gerichte unsere Gegner sein können.«

»Vielleicht, weil jemand die ganze Zeit schon geil auf den Posten des Sprechers sein kann?«

Aber auch dies steckte Maik souverän weg: »Sag mir bitte, wer in diesem Zustand der BI scharf drauf sein könnte, hier Sprecher zu sein? Jetzt heißt es, den Schaden zu begrenzen. Wenn du so willst, zu ›überwintern‹ und langen Atem in die Widerstandsbewegung gegen die Neue Bad-Straße reinzukriegen. Im Moment sind die Leute gegen Gert aufgewiegelt und die Presse hat geschickt verstanden, das Ganze gegen uns und die Umweltbewegung zu drehen. Aber wenn die Bagger erst mal zu seh'n sein werden ...«

»Dann ist es zu spät. Kapierste denn das nicht? Entweder jetzt kriegen wir das umgedreht oder die Straße kommt ... Kann sich denn keiner mehr erinnern, was uns die Autowahn-BI aus Frankfurt am Main immer und immer wieder gemailt hatte? Das Planfeststellungsverfahren ist die entscheidende Klippe, danach resignieren die Leute.«

»Dann haben wir jetzt schon verloren. Das Planfeststellungsverfahren wird von Leuten gemacht, die sehr genau wissen, wie es um unsere Schwäche im Augenblick bestellt ist. Und wenn nun noch dieses Urteil oben drauf kommt ...«

»Wer sagt eigentlich, dass Gert das verliert, wo er doch unschuldig ist?«, meldete sich Pierre und Nadja fühlte sich etwas weniger eng um die Kehle. Aber Maik ließ sich durch nichts und niemand von der Linie abbringen: »Ich habe heute morgen ausführlich mit dem Anwalt gesprochen. Das ist ein außerordentlich vorsichtiger Mann, der rechtliche Einschätzungen zunächst nach allen Seiten abwägt. Und der meint ziemlich eindeutig, dass die Pressekammer ihm angedeutet hat, dass die Sache ins Auge geht. Die haben ihm sogar geraten, die Klage zurückzuziehen. Es ist einfach so, das sind Richter, die mit dem Wort Stasi einfach was eingeimpft bekommen haben. Wer deren ... ja, sagen wir mal ... Jagd-Trieb nicht als Tatsache anerkennt, ist unfähig zur Gegenwehr. Wichtig ist nicht deine Schuld, sondern wie du bei den Leuten hingestellt wirst. Das geht sogar bis tief in meine Parteigliederung, das sag ich euch ehrlich. Da habe selbst ich meine liebe Not, irgendwas noch rüberzubringen. Und bei Gert brauchen die Herren Westrichter gar kein Recht mehr groß zu verbiegen. Der ORB hat längst beantragt, den Gauck in den Zeugenstand zu holen und was der sagt, das ist doch im Vorhinein schon immer klar.«

»Das ist doch nicht wahr.«

»Willst du damit sagen, ich lüge? Hier bitte, Nadja, ruf den Anwalt selber an! Hier ist die Nummer.«

»Ich habe nicht gesagt, dass das, was du sagst, nicht wahr ist, sondern ich meine einfach, das kann doch nicht wahr sein. Wir müssen einfach solidarisch mit Gert sein. Jetzt von uns allen und dem Gemeindevorstand eine Soli-Erklärung und volle Breitseite gegen Gauck, das schafft Luft, aber nicht sich abgrenzen.«

»Also, geht es jetzt um ein Solidaritätskomitee mit Pfarrer Gert Sulima oder um eine Bürgerinitiative gegen die Neue Bad-Straße?«

»Das eine hängt mit dem anderen zusammen. Wie sollen die Anwohner von Saarow und Fürstenwalde uns zutrau'n, dass wir gegen die Straße durchhalten, wenn wir Gert fallen lassen wie eine heiße Kartoffel. Und die Leute im Osten wissen, wie willkürlich mit diesem Wort Stasi umgegangen wird, und die kennen ihren Gauck, dass der als Pfarrer kleine Jungs mehr als scharf angeschaut hat und dass das der Einzige war, der ein paar Stunden mit seiner Akte alleine in einem Raum bleiben durfte. Das wissen die Leute, die sind nicht so hysterisch wie die Medien sie gerne hätten!«

Hedda, die streng dreinblickende, abgewickelte Philosophiedozentin auf einem PDS-Nachrückerplatz für den Kreistag, hatte nur ein böses Lachen für Nadja übrig: »Erst tust du so, als ob Maik uns anlügt, wenn er die Situation als ziemlich beschissen darstellt, aber einen Ausweg vorschlägt. Und jetzt malst du das ganze rosarot. Diese Richter, hat der Anwalt gesagt, machen es sich immer so einfach wie möglich. Und wenn eine Akte da ist, dann meinen sie, dass die Meinungsfreiheit der Illustrierten, die den Beschuldigten einen Inoffiziellen Mitarbeiter nennt, wichtiger ist, als den IM ... oder den vermeintlichen IM ... davor zu schützen. Meinungsfreiheit ist eben im Westen ein hohes Gut. Das ist eben der Preis der neuen Demokratie, dass hier nicht irgendeine Partei oder irgendein Politkommissar den Richter anweisen darf, die Freiheit der Presse zu beschneiden, ob's dir passt oder nicht.«

»Und das sagst du? Ausgerechnet du? Du hast doch alles der SED zu verdanken. Meinst du, ohne 40 Jahre DDR hättest du heute für deine PDS mehr Prozente als Gerts DFU früher im Westen? Und plötzlich kommst du mit Pressefreiheit, als ob ihr nie gelernt hättet, wer hinter der Presse und ihrer Freiheit steht, Springer, Kirch, Burda ...«

»Ich mach das nicht mehr mit, diese Klassenkampfparolen! Und ich lass mich hier nicht anscheißen, mit SED und so! Das ist ja noch schlimmer als bei Gert Sulima, der auch jedesmal gegen die PDS losgehetzt hat ...«

»Du verdrehst das doch jetzt extra alles, Hedda.«

»Beruhige dich, Nadja«, schob Pierre ein und sie bekam jetzt auch bei ihm das ungute Gefühl, dass alles für heute Abend hinter ihrem Rücken schon vorher abgesprochen worden war.

Maik nutzte die Gesprächswendung: »Ich finde auch, Pierre hat recht. Du solltest dich erst mal beruhigen, Nadja, und überlegen, ob du das mit der PDS nicht zurücknehmen kannst, damit hier unser Klima nicht noch mehr belastet wird. Wir waren bis heute völlig solidarisch mit Gert, keiner hat sich irgendwo von ihm distanziert. Aber jetzt ist da so ein Gerücht, dass du mit diesem Scharfmacher von ›Focus‹ irgendwie essen warst und der über Gert und die ganze BI einiges rausgekriegt hat, was nicht besonders schön ist.«

Nadja stockte der Atem, sie hätte die Tränen gezeigt, wenn das hier noch die kämpferische BI gewesen wäre, die bis vor ein paar Tagen Auffangbecken für Traurigkeit, Heimstätte fürs Wundenlecken gewesen war. So aber würgte sie nur an dem Kloß im Hals, dass er nicht weiter hoch käme, presste ihre Fingernägel in den

Handballen, blickte unter sich, dann wieder hoch zur Lampe und zwang sich bebend zur Ruhe: »Ich versuche Gert und uns zu helfen wo ich kann. Und dieser Mann von ›Focus‹, wie du ihn nennst, ist zufälligerweise ein freier Journalist, der sich ziemlich engagiert gegen die Neue Bad-Straße. Und der dem Boris und diesem Jack White was einschenken will. Und der hat laut gefragt, ob diese Superreichen meinen, mit ein paar Millionen und vorgetäuschten Arbeitsplätzen, eine ganze Region gefügig machen zu können. Das ist dieser Mann vom ›Focus‹.«

»Also du warst mit ihm essen?«

»Warum denn nicht? Darf ich mich nicht treffen mit wem ich will?«

Sie konnte das Kleinlaute nicht aus Stimme und Gesicht heraushalten. Ob Gert das auch schon gestern gewusst hatte?

»Uns wirfst du vor, Gert zu verraten und du triffst dich mit dem Stasijäger Numero Eins? Das findest du solidarisch, ja?«

Hedda hatte ein unbesiegbares Lächeln angenommen.

»Macht doch was ihr wollt, distanziert euch von Gert, distanziert euch von mir, macht euch lieb Kind bei wem ihr wollt, aber ohne mich!«

Sie preschte zur Tür, wie damals Gert.

»Nadja, bleib doch hier«, rief ihr Pierre nach.

»Du bist doch der schlimmste, Pierre, wenn der Wind sich dreht, bist du bei der Mehrheit.«

Kurz vor der Tür konnte sie die Tränen nicht mehr zurückhalten, hinter der Tür tat ihr Pierres fassungsloses Gesicht weh.

Der Countdown läuft

Zu Hause schmiss sich Nadja gegen das Polsterkissen auf dem Sofa und rief bei Gert an. Ihre Unterlippe schob sich nach vorne. »Unterm Rotz sitzt der Trotz« hatte ihr Vater früher dazu gesagt. Nachdem sie ihm alles erzählt hatte, war Gert in ein immer monotoneres »Mmh« verfallen. Übergangslos bemerkte er beiläufig, Giesmeier habe ihn angerufen.

»Oh Scheiße«, den hatte Nadja ganz vergessen.

»Der wollte ja auch meinen Rückruf.«

»Das dürfte sich erübrigt haben; er wollte wahrscheinlich auch nur, dass du mir das Gleiche ausrichtest. Er will, dass ich gestehe. Dann würde er mit einer halbwegs entlastenden Story beim ›Spiegel‹ rauskommen.«

»Was sollst du gestehen? Da gibt es nix zu gestehn. Das ist ja wohl das Letzte. Was dieses Schwein sich einbildet.«

»Alles ist heutzutage ein Deal. Auch das Recht. Lady, du musst dich von anders lautenden Illusionen völlig freimachen! Der weiß einfach ziemlich genau, dass ich für einen entlastenden Artikel im Spiegel schon was zahlen würde.«

Noch nennt er mich ›Lady‹, dachte Nadja.

»Aber du lässt dich doch auf so was nicht ein. Dann kannste auch zu Swann geh'n, der will der BI übrigens echt helfen.«

»So, so? Ich trau beiden kein Wort und du, liebe Nadja, lass es auch bleiben! Die Journaille ist nix anderes wie die privatisierte Stasi. Heutzutage wird alles privatisiert was früher rein staatlich war. Warum nicht auch das Schnüffeln, Kreuzbrechen, Ausgrenzen – nur ohne Orden und dafür auf Provisionsbasis. Der BND ist das öffentlich rechtliche Dach für Generalleutnant Giesmeier und Oberst Swann.«

Leise unterbrach ihn Nadja: »Manchmal träume ich mich fort in ein kleines bayrisches Dorf, wo niemand die MAZ abonniert hat und keinen ORB empfängt …«

»Aus dem Stadium sind wir längst raus. Das kommt in den ›Spiegel‹, in ›Focus‹, in die ›Bild-Zeitung‹. Da bist du auch in der bayrischen Alp nicht mehr sicher. Da musst du schon hier nach Polen …«

»Ich kann es nicht mehr ertragen, die Absprachen in der BI jetzt sogar, überall hinter jedem Vorhang gemeine Blicke.«

»Weißt du, Nadja, darüber gibt es eigentlich überhaupt keine theoretische Literatur. Ich meine über diesen Machtmagnetismus. Ich habe da jetzt lange drüber nachgedacht. Wenn ein Publikum zu einem Künstler oder Politiker auf der Bühne applaudiert, dann ist das weniger für den da oben, sondern ein heimliches Verständigungsmittel unter denen da unten. Einer fängt an und sie zeigen sich gegenseitig ihre Übereinstimmung mit einem Lied oder einer gewagten Aussage, machen sich damit sicherer, geben sich Rückhalt. Beifall ist eine Kommunikation viel mehr innerhalb des Publikums selbst, als von unten nach oben auf die Bühne.«

»Was soll denn dieses Thema jetzt, Gert?«

»Lass mal, unterbrich mich mal nicht! Das sind so Gedanken, die einem hier so kommen, wo es keine MAZ gibt und kein ORB hinfunkt. Ich meine: Wer will schon abseits stehen mit seiner Meinung. Allein frierste. Im Beifall, also in der Übereinstimmung, ist Wärme, herrscht Rückversicherung. Und ich glaube, wir beide kriegen jetzt die komplett umgedrehte Wucht zu spüren. Die Herrschenden sind von vornherein Konsens. Aber alles, was abweicht, muss Konsens, ich meine, muss sich … gewissermaßen erst einmal untereinander suchen. Aber zwischen den Menschen, die einen Konsens miteinander finden müssten, stehen die Medien, wie eine Mauer … wie ein Zerhacker aller Funksignale innerhalb der Ausgebeuteten …«

Es tat ihr nun doch gut, wie er sich mit ihr gemeinsam gegen die herrschende Meinung definierte: »Und dahinter steh'n die Verlagskonzerne. Zwischen uns und der Bevölkerung haben die sich postiert!«

»Nein, nein, ich meine das gar nicht bezüglich Avantgarde und Masse. Ich meine die eigene kollektive Sprachfindung der Massen unter sich! Klar war die BI wichtig, sonst hätte keiner gewusst, wie viele eigentlich gegen die Neue Bad-Straße sind. Aber dann wusste es die Bevölkerung von sich selbst.«

»Und dann kamen die Konzerne.«

»Darauf wollte ich gar nicht hinaus. Lass mich doch mal den Gedanken zu Ende ausführen. Also: wirtschaftliche Macht – okay. Das ist der Magnetkern, verstehst du? Aber mir geht es um den Magnetismus. Geld macht sinnlich, witzelt Brecht. Macht ist sexy, sagt der Volksmund. Konsens ist der Magnetismus. Dann verströmt sein Träger Sinnlichkeit. Aber fest steht, dass wenn sie den Konsens öffentlich von dir abziehen, sie dich einer Lieblosigkeit aussetzen, bei der du die Folgen bis in die Knochen spürst. Und dann organisieren sie von oben einen Konsens gegen dich. Konsens wird zu einer Herrschaft über dich, über dein Gesicht in den Medien, über das, was du bist, was du sagst und was sie entsprechend verzerren. Du bist nicht, was du bist, nur noch, was du in den Medien von dir siehst. Und Medien gehen dann Arm in Arm mit dem Publikum in eine Treibjagd über, ihre Stimmen lodern: Nie mehr wieder wollen wir zulassen, dass abseits unserer geliebten Herrschaft der Zauber eines unkontrollierten Konsens verspürt werden darf. Ja, es ist ein Zauber und kann ein böser Fluch werden. Sie jagen dir die Liebe ab. Und die Treiber heißen Giesmeier und Swann.«

Nun war seine Stimme brüchig geworden. Es entstand eine Pause.

»Was meinst du damit?«

»Nadja, es gibt Leute, die ihn weniger für einen Journalisten halten. Dass der seine Villa ganz anders verdient hat. Auch wenn er wie ein Latinlover daherkommt.«

»Als ob ich heute nicht schon genug reingedrückt bekommen hätte«, flüsterte Nadja.

»Ich habe keine Ansprüche auf dich.«

»Das ist wohl wahr.«

»Was heißt hier: ›wohl wahr‹. Vor ein paar Wochen, hätt' ich, glaub ich, noch Ansprüche erheben dürfen?«

Sie wollte schnippisch spielen: »Jaaa, vor ein paar Wochen. Da hast du noch den Sexappeal eines konsens findenden Aphawolfs gehabt …«

Dann erst merkte sie seine traurige Stimme und dass ihre Ironie gerade deplaziert war. Nun konnte er ihr nur noch leid tun.

»Was will dieser Swann von dir denn groß? Meine Verpflichtungserklärung oder den Hinweis, wo die sein könnte? Und da kann ich dir leider nicht mit dienen.«

»Und wenn es die doch gibt?«

»Hör zu,« er klang unwirsch, »die kann es einfach nicht geben, jedenfalls keine mit meiner Handschrift. Wenn ich etwas genau weiß, dann ...«

»Und was weißt du nicht genau?«, welche Berechtigung hatte er denn, sich ihr gegenüber aufzuspulen? Hatte sie für ihn und mit ihm nicht genug gelitten?

Gert schwieg ziemlich lange.

»Was die Richter sagen. Zu 'ner Strafe verurteilen durften sie mich nie. Aber die wissen, wie viel lieber ich still und heimlich drei Monate in 'nen Knast ging, als einen Monat diese Medientreibjagd in Freiheit?«

»Also du meinst, du verlierst.«

»Das wissen wir morgen oder übermorgen. Aber dann kommt die zweite Instanz und so ein Oberlandesgericht hat eher einen Namen zu verlieren.«

»Aber für die Straße ist das dann zu spät!«

Könnte es doch wahr sein, dass Maik am Ende recht behalten würde?

»Das ist überhaupt nicht gesagt, so einen OLG-Termin kannste auch in ein paar Tagen haben. Also die Rechtslage ist nicht ganz so schlecht.«

»Dein Anwalt sieht das aber etwas anders.«

»Das ist ein Obervorsichtiger.«

»Dann sollte er mal etwas vorsichtiger sein, was er Maik erzählt und dieser schrecklichen Hedda.«

»Der sagt, das Gericht würde der MAZ gerne Recht geben. Aber sie tun sich schwer damit. Sie wollen wohl auf einen Vergleich raus, bei dem ich nicht in die zweite Instanz kann. Dann darf mich die MAZ »IM« nennen, muss aber immer gleich dazufügen, dass ich das bestreite.«

»Dann ist die Straße gebaut!,« blaffte ihn Nadja an, »Unschuld ist doch kein Deal.«

»Das sagst du so leicht«, brummte Gert, »es ist verdammt einsam hier und so was wie Heimweh gibt es auch. Aber wenn ich mir vorstelle, dass ich zu Hause nicht mal mehr meine Brötchen beim Bäcker holen kann, ohne …«

»Wenn du den Prozess gewinnst, dreht sich das. Ansonsten, ehrlich, dann ist die BI fertig, mausetot.«

»Kannst du ein wenig nachvollziehen, dass ich dabei auch an mich denken muss?« »Herrlich, so hat dich Maik beschrieben: am Ende geht's ihm nur um sich.«

Eigentlich wollte Nadja, dass er sich wehrte, dass der alte Gert wieder auferstünde aus diesem Gejammer. Alle ihre Anwürfe sollten bei ihm eine Art Motor starten. Stattdessen soff er immer mehr ab: »Als ich hier angekommen bin, habe ich nicht gewusst, ob ich weiterleben will. Sieben Zugstationen konnte ich vom Waggon aus die Zeitungsstände mit der Überschrift »Stasipfarrer« lesen. Das kannste dir überhaupt nicht vorstellen, dass das jemals wieder aufhört, da denkste, du bist auf ewig gebrandmarkt. Zum Glück hat mir Pierre von seinem Onkel erzählt, irgendein hohes Tier aus der NVA, und dass das immer kürzer anhält mit diesem Prangergefühl als man selbst als Betroffener sich im Moment vorstellen kann. Einfach weil die Leute vergesslicher sind, weil morgen wieder eine andere Sau durchs Dorf getrieben wird. Aber das ist nur eine intellektuelle, eine ganz abstrakte Vorstellung. Ich saß in diesem Häuschen rum, hier oben unterm Dach, wollte keinen Menschen seh'n, kein Fernsehen anmachen, ich hatte sogar Angst, hier irgendwo erkannt zu werden. Meine so genannte Heimat war abgebrannt, weg, kontaminiert – ein Ort, wo alle Leute nur mit dem Finger auf dich zeigen. Und ich schwöre dir, wenn die richtige Nacht gewesen wäre und noch eine Zeitung hier her geliefert worden wäre, dann würden wir jetzt nicht mehr telefonieren. Und du fängst jetzt auch an mit diesem Zeug. Nadja, tu du mir nicht auch noch weh.«

Warum empfand sie Genugtuung? Sie konnte ihn so gut verstehen. Warum genoss sie die plötzliche Überlegenheit? Seine gebrochene Stimme, sein häufiges Räuspern, seine Wehrlosigkeit auf ihren Spott? Warum wollte sie im Leiden nicht bei ihm sein, sondern über ihm?

»Nadja, verstehst du, jetzt geht es erst mal um uns, um dich und mich, nicht um irgendeine höhere Sache, oder die BI. Wie verlässlich da einige sind, haben sie gestern bewiesen …«

Aber, als ob er spürte, wie sie von seinem Ton angewidert war, unterbrach er sich: »Übrigens du musst das mit Pierre wieder in Ordnung bringen. Er hat eigentlich immer zu mir gehalten. Er ist nicht der große Redner. Er wieselt den ganzen Tag an seinem PC, kennt alle Tricks, könnte gut und gerne bei jeder Hacker-Olympiade mitmachen. Aber dass er dir rhetorisch groß beiseite springt, ist doch etwas zuviel von ihm verlangt.«

»Wir können uns erstens die Leute im Moment nicht aussuchen und außerdem ist Pierre schon okay. Man haut immer zuerst die, die sich ein bisschen abwenden, statt auf die, die schon immer total weit entfernt waren. Das hat was mit der Reichweite zu tun …«

Kaum schienen beide die stille Übereinkunft erzielt zu haben, die Gereiztheit und die Brüche unter die Watte von Sachlichkeit zu legen, schärfte Gert plötzlich nach: »Hast du eigentlich auch vor, dich mit Giesmeier zu treffen? Da mag …«

Nadja schluckte hörbar.

»… da mag der Swann ja tatsächlich menschlich noch der Angenehmere sein.«

»Ist er ganz bestimmt.«

Nun ließ sie es heraus, sollte er doch vergangenen Chancen nachtrauern. Aber er ging darüber hinweg.

»Ist mir völlig egal. Entscheidend ist: Ich kann weder dem einen noch dem andern liefern, wo er so scharf drauf ist. Er denkt, da gibt es eine Verpflichtungserklärung, weil der Umschlag in der Akte aufgerissen ist. Aber mein Anwalt hat nachgesehen. Die Gummierung an dem Umschlag war noch völlig frisch. Also war der Umschlag immer offen gewesen. Der hätte nie aufgerissen werden brauchen.« Irgendwoher wusste sie das und dann fiel ihr ein, dass diese Umschläge nie zugeklebt waren.

»Aber warum wissen das die Medienstrolche nicht?«

»Weil die in so einer Stimmung nicht auf Details achten. Sag' mal dem Marder im Blutrausch, er soll sich selbst die Maulsperre einziehen. Da leuchtet die nächste Sprosse der Karriereleiter vor der Nase. Und außerdem: Haben die in Sachen Stasi irgendwoher jemals 'nen echten Widerstand entgegengesetzt gekriegt in den vergangenen Jahren? Die können doch behaupten was sie wollen. Erst mal ausprobieren, ob die Lüge läuft, da wäre ein aufgerissener Briefumschlag in meiner Akte. Da schaut sich doch keiner mit kriminalistischer Kleinteiligkeit so einen Umschlag von innen an. Der Countdown läuft, alle wollen meine Verpflichtung, zumindest eine Protokollnotiz. Ihnen winkt ein Ziel vor Augen. Als Erstquelle in allen Konkurrenz-Medien zitiert zu werden, dann, wenn Sulima abgeurteilt wird und die Straße gebaut werden kann, als Retter von 27 Arbeitsplätzen.«

»Wenn du soviel auf einmal redest, Gert, summt das in meinem Kopf wie in einem Hornissennest. Lass' uns morgen weitertelefonieren.«

»Gut, gut, wenn du nicht weiter telefonieren willst.«

»Ich denke auch ein wenig ans Geld,« der Spieß war vollständig umgedreht, »das waren jetzt bestimmt über 20 Minuten. Schlaf gut!«

Sie hatte kaum aufgelegt, da klingelte Heribert.

»Ich habe ständig versucht, bei dir anzurufen. Dein Handy ist irgendwie gestört. Und jetzt war die ganze Zeit besetzt.«

»Sag mal, willst du mir Vorwürfe machen, mitten in der Nacht, wir haben halb zwei!«

»Liebste, bitte, bitte sprich nicht so. Ich kann nicht anders, ich muss mit dir sprechen nach dieser Nacht. Du bist in meinem Leben das Highlight. Es war so wunderschön mit dir, ich bin den ganzen Tag heute wie auf Wolken gelaufen. Ich will dich sehen, hören, schmecken … Sei nicht böse.«

»Ich bin nicht böse, Heribert. Ich bin einfach nur fertig. Ich habe heute bei der BI für zwei Männer kämpfen müssen. Und voll verloren. Du musst mich etwas geh'n lassen. Verstehst du, ich bin jetzt einfach ungenießbar«

»Aber ich kann dir doch helfen. Ich habe über meine Kontaktleute beim ›Spiegel‹ rausbekommen, dass die ganz kurz davor sind, was ziemlich dickes über Gert zu bringen. Eine Gegengeschichte im ›Focus‹ wäre doch da genau passend. Wir können die Bürgerinitiative da ganz vornehm aussehen lassen, da bleibt kein Stäubchen dran hängen ...«

»Lass' mich in Frieden mit der Bürgerinitiative. Verstehst du, ich will einfach jetzt für niemanden das Instrument sein, ich muss mich erst mal sammeln, einfach ordnen, was mit mir passiert. Ich habe überhaupt keine Lust, irgendjemand zu helfen, für irgendjemand den Kopf hinzuhalten, irgendjemandes Sprachrohr zu sein. Einfach nur ich sein. Vielleicht sieht die Welt in ein paar Tagen wieder anders aus, aber im Moment ist mit mir nicht gut Kirschen essen, auch für dich nicht.«

»Nadja, für mich bist du die wunderbarste Frau, dermaßen aufm Punkt; du bist das einzige, was mir Kraft gibt, die an etwas glaubt, das nicht ... Karriere ist und dieser ganze Scheiß. Jetzt darfst du nicht auch noch mit diesem Ich-Gerede anfangen, dass man den lieben langen Tag von diesen Karriereegomanen hören muss. Okay, okay, wir machen jetzt Schluss mit dem Telefon, aber ich bin einfach immer für dich da. Damit leg dich ins Bett und damit wach morgen wieder auf. Mit diesem Feeling, verstehst du, da ist einer, der für dich da ist.«

»Auch, wenn es keine Verpflichtungserklärung gibt?«

»Wie kommst du denn jetzt auf den Scheiß?«

»Schon gut, war daneben! Lass mich schlafen geh'n!«

»Ich denk' an dich.«

»Ziemlich spät«, dachte Nadja. Und dann wollte sie doch am liebsten weitertelefonieren, hörte sich aber sagen: »Ja, mach schön.«

»Schlaf gut ... Nad«.

Die Handschrift

Kaum hatte sie aufgelegt, krochen ihr die verschiedensten Gedanken durch den Kopf. Warum rief er so spät noch an? Er hätte sie doch wecken können. Dachte er vielleicht, er sei so unwiderstehlich, dass ihr Schlaf zweitrangig sei? Oder meinte er es tatsächlich derart ernst, dass er alle Regeln weggeschmissen hatte? War da nicht doch Geborgenheit von seiner Stimme auf sie übergeflutet?

Und Gert? Suhlte der sich nicht bloß noch in ihrem Mitleid? Wem eigentlich war sie noch verpflichtet? Wenn Gert ihr vielleicht doch nicht die ganze Wahrheit gesagt hatte? Was hatte Gert gemeint, als er so bitter vor sich hin gelacht hatte, da sei keine schriftliche Verpflichtung, das jedenfalls wisse er genau? Und was würde sie morgen früh wieder in der MAZ erwarten? Oh Gott, sie würde wieder kurz und verschwitzt schlafen, wenn überhaupt.

Aber sie täuschte sich. Es war schon 8:50 Uhr, als das Telefon sie weckte.

»Hallo, Nadja. Hier ist wieder ihr unsichtbarer Freund.«

»Hören Sie, ich habe genug von anonymen Anrufern …«

»Halt, bitte. Wenn Sie jetzt genau das tun, was ich Ihnen sage, und wenn Sie einmal noch gute Nerven haben, dann kriegen Sie alles wieder hingeschaukelt, alles!«

»Können Sie mir nicht wenigstens andeuten, wer Sie sind.«

»Das kommt noch, im Moment würde es Ihnen eher schaden. War der Briefumschlag zugeklebt oder nicht?«

Sie schwieg, atmete plötzlich sehr aufgeregt, hielt darum das Hörermikro weg vom Mund.

»Hat der Kerl Sie vorgestern Abend mit dem Auto verfolgt oder hatte er Ihnen die Wahrheit gesagt?«

Die Ahnung stieg hoch, sich darauf einlassen zu dürfen.

»Sagen Sie mir jetzt, was Sie zu sagen haben!«

»Sie rufen Ihren netten Liebhaber jetzt an. Und wenn Sie mal ausnahmsweise mir glauben, dann sagen Sie ihm nichts von unserem Gespräch. Und sagen Sie ihm, er dürfe auch mit keinem

Menschen auf der Welt darüber reden, was Sie ihm heute Nacht in den Briefkasten geworfen hätten, kein Sterbenswort! Mehr nicht, nur das, aber wirklich kein bisschen mehr, verkürzen Sie das Telefonat auf das mindeste. Sagen Sie ihm meinetwegen, dass Sie ihn nett finden, aber dann Schluss.«

»Jetzt hören Sie mal, was Sie von mir verlangen, ist schon …«

»Nadja. Sie haben jetzt alles in der Hand. Wenn Sie es nicht tun, können Sie alles, wofür Sie gearbeitet haben, mit dem Rechen aufkehren. Aber wenn Sie dieses eine Telefonat jetzt so machen, wie ich es Ihnen gesagt habe, wenn Sie wirklich niemand etwas von unserem Gespräch …«

Das Handy auf der anderen Seite war unterbrochen. Sollte sie Heribert, der sie liebte, der ihr helfen wollte, der für sie vielleicht ein Neuanfang war, derart hinters Licht führen? Und für wen?

Da fiepte es erneut: »Hören Sie, die Straße ist so gut wie beschlossene Sache. Ich will unsere Heimat auch nicht verschandelt haben. Ich kämpfe an Ihrer Seite. Ich habe dieselben Enttäuschungen hinter mir, wie Sie. Aber die anderen dürfen mit ihren Schweinereien nicht durchkommen. Sie haben Fehler gemacht, ich habe in meinem Leben größere Fehler gemacht. Und jetzt tun wir beide mal zusammen etwas Richtiges. Wissen Sie, von wem dieser Gedanke stammt? Und ich verspreche Ihnen: Wir werden uns bald treffen und gegenseitig dankbar sein.«

»Und warum soll ich Ihnen glauben? Was haben Sie bisher real geholfen?«

»Und wer hat Sie rund um die Uhr bewacht? Die aufgewiegelten Lederknilche verjagt?«

»Und dafür soll ich Swann bescheißen?«

»Wenn er Sie liebt, wird das alles später kein Problem für ihn sein. Dann geht es für ihn auch gut aus. Aber wirklich nur dann! Überlegen Sie sich alles in Ruhe, aber nicht zu lange. Und dann rufen Sie ihn an. Sagen Sie ihm, dass das, was er findet, ausschließlich für ihn bestimmt ist, dass er mit niemand drüber reden darf. Und dann warten Sie ab. Haben Sie Geduld. Verzweifeln Sie in keinem Falle. Es wird dann nicht ewig dauern, dass Ihnen Hilfe beikommt.«

»Ich überlegs mir.«

»Aber bitte nicht zu lange!«

Nun hatte er endgültig aufgelegt. Sie konzentrierte sich, versuchte einen Moment lang das Mata Hari-Gefühl zu empfinden. Aber sie konnte doch unmöglich die Anweisungen eines anonymen Anrufers umsetzen? Was erlaubte der sich eigentlich mit ihr? Und wenn es gar nicht »der heimliche Retter« selbst war, sondern nur ein Imitator?

Aber hatte dieser Anrufer sich nicht in all den Tagen als verlässlich herausgestellt? Und hätte ein anderer sein Wissen in diesem einen Telefonat so vollständig rekapitulieren können?

Aber was, wenn da etwas Strafbares mit verbunden sein würde? Nadja legte Cat Stevens auf. »Ruby my love«. Sie dachte an Gert. Wie der früher mitgesummt und sie Lady genannt hatte. Da war für Gert keine Chance mehr, das wusste sie. Er war fertig – für Jahre. Wenn sie nicht diesen winzigen Halm versuchen würde. Sie musste entscheiden. Und das brannte.

»Entscheidung ist das Nadelöhr zwischen Sprechen und Handeln«, kam ihr, »jeder muss für sich entscheiden, schnell und gründlich!«

Aber mit wem sollte sie sprechen? Mit Pierre war sie zerstritten. Der Brand weitete sich bis in die Kehle. Jetzt kein'n Rotkäppchen, bloß nicht! Entscheiden, gründlich und schnell!

Sie hob den Hörer hoch, um Heribert Swann auf etwas hinzuweisen, das sie ihm angeblich gerade in den Briefkasten geworfen hatte. Und während sie mit ihm das kurze, für ihn sicher rätselhafte Gespräch führen würde, wollte sie immer mehr wissen, was es denn eigentlich sei. Zu ihrer Erleichterung war es nur Heriberts AB, auf dem sie hinterließ: »Ich weiß nicht, ob es richtig war. Aber das Teil ist nur für dich bestimmt, und du musst mir hoch und heilig versprechen, dass du mit keiner Menschenseele darüber sprichst. Schau's dir an, dann sag mir, was du davon hältst. Jetzt bringt es nichts, weiterzureden.«

Ihr Handy zeigte ihr eine SMS: »Seien Sie ab jetzt für heute unerreichbar, 100 %!« Dieses »ab heute« sollte es in sich haben.

Nach allem wurde es ein Tag, an dem alles in Zweifel geriet und alles sich neu ordnete.

An diesem Freitag quoll ihr Fax über, verzeichnete das AB-Display 16 Anrufe, war ihre mailbox mit der Zahl 11 aufgefüllt. Sie rief weder zurück, noch ließ sie sich erreichen. Diese Stimme hatte ihr jedesmal Dinge mit Hand und Fuß gesagt, der Zettel von der Toilettenfrau gehörte zu den ermutigenden Erlebnissen der letzten Tage. Nun griff sie nach diesem Strohhalm, zumal weitere Anrufe nur noch mehr in die waidwunden Magenschleimhäute gestoßen hätten. Das Kuriose war, dass es nur einen Anruf von Heribert gab. Und der hatte kurioserweise überhaupt nicht den Wiskeyschmelz in der Stimme, sondern war von beruflicher Bestimmtheit: »Das ist der Hammer. Du musst versteh'n, dass das einiges neu beleuchtet. Ruf mich an, wenn ich auch heute tagsüber entsprechend wenig Zeit habe.«

Verdammt noch mal, was war in dem Umschlag gewesen, den angeblich sie ihm gebracht hatte? Sie versuchte wieder das Mata Hari-Gefühl aufsteigen zu lassen. Aber es wurden nur platte Allmachtsphantasien.

»Lern' ich denn nie dazu?«, sprach sie leise vor sich hin.

Dennoch, warum sollte sie Heribert nicht anrufen? Und warum sollte sie einfach in ihrer Wohnung sitzen, und diesen Freitag an sich vorüber ziehen lassen.

Am Abend war Gerts Stimme live auf ihrem AB: »Hörst du Radio? Das ist Scheiße, auch wenn es nicht stimmen kann. Nadja? Wenn du da bist, geh ans Telefon!«

Nun hielt sie es nicht mehr länger.

»Was ist denn?«

Was Gert von Polen aus ins Telefon sagte, machte sie schwindelig: »Der ORB meldet, ›Focus‹ würde am Montag mit der Verpflichtungserklärung auf den Markt kommen.«

Er ließ ihr eine Pause, um es wenigstens im Hirn aufzuzeichnen, wobei sie kraftlos auf ihrem Sofa zusammensackte.

»… ich selbst kann es ja nicht hören, aber mein Anwalt hat mich angerufen, ich soll meine Klage gegen die MAZ sofort zurückziehen. Der weiß es vom Richter der Pressekammer. Völlig verrückt, dass so ein vorsitzender Richter an einem Freitagabend bei einem Anwalt anruft. Da kannste seh'n, wie schwer die sich damit getan haben und wie froh die sind, jetzt so was zu haben. Es kommt wohl schon jede Stunde in den Nachrichten.«

»Aber das gibt's doch gar nicht,« hauchte sie stimmlos, »so was existiert doch überhaupt nicht, hast du gesagt.«

»Was weiß denn ich,« seufzte Gert matt. »Ich weiß es auch nicht mehr.«

»Außerdem hat dein Anwalt diese Sache mit dem Umschlag rausgekriegt ...«

»Das hat keinen Menschen interessiert. Die Lüge beherrscht das Feld. Die Wahrheit duckt sich in die Mauselöcher ...«

»Lehrvortrag – Stop-Taste!«

»Ach ja, aber was bleibt mir denn mehr, als Sprüche fürs Poesiealbum.«

»Gert, dann sag du mir die Wahrheit, sag mir jetzt die vollständige Wahrheit, es kommt wirklich auf nichts mehr an. Nur die Wahrheit. Und ich habe ein Recht darauf ...«

»Nadja also ich war damals 22, ich hatte lauter Freunde in der FDJ, auch solche mit Leitungsfunktionen. Und einer hat mir Jahre, ich glaub drei oder vier Jahre später gesagt, dass er möchte, dass ich für das MfS arbeite. Ich habe mir Bedenkzeit erbeten. Nach zwei Monaten habe ich ihn wieder besucht und ihm klar nein gesagt, aber dass wir trotzdem Freunde bleiben. Er hatte vorher seine Berichte gemacht, klar. Und in den zwei Monaten hätte er vielleicht davon ausgehen können, dass ich ja sagen würde. Das ist echt das Einzige. Aber es gibt Zusammentreffen mit ihm, es gibt abfällige Äußerungen von mir über die schwäbische Kirchenleitung, während der Friedensbewegung, und ich habe mit der DKP zusammengearbeitet.«

Nadja spürte plötzlich Eiseskälte im Kopf: »Also zwei Monate?«

»Wenn du so willst, ja.«

»Und das hättest du mir nicht früher sagen können?«

»Für einen Westrichter ist das egal, für einen Westreporter auch. Ob du eine Stunde oder 10 Jahre dabei warst oder dabei offiziell geführt worden bist, sie können dich immer IM nennen. Juristisch für eine Sekunde«

»Aber ich bin kein Westrichter, oder Reporter«.

»Aber es gibt keine Verpflichtung.«

»Gert, in Bezug auf die Stasi bist du – wenn das alles stimmt, was du mir da gesagt hast ...«

»Nad! Lady.«

»Nix jetzt Lady. Wenn das stimmt, ich wiederhole das, dann bist du da moralisch auf der absolut anständigen Seite. Was Richter auch sagen oder Reporter schreiben. Was mich und uns anbetrifft, finde ich das aber nicht.«

»Du machst mir wirklich alles noch viel schwerer, ich glaube, ich komme nie mehr wieder zurück, nie mehr«, schluchzte er nur. Nun war sie zum ersten Mal auf gleicher Höhe mit ihm. Weinte er schon? Ihr schlechtes Gewissen, bei dieser Aktion mitgemacht zu haben, gegen sein schlechtes Gewissen. Und auf eine völlig neue Weise sehnte sie sich nach ihm mit Haut und Haaren – jetzt und hier.

Aber plötzlich stieg ihr die Frage auf: Was war das dann für eine Verpflichtung? Und wer bei ›Focus‹ hatte sie veröffentlicht? Ihr Herz begann wie in eine hängende CD zu hämmern: »Gert, ich ... ich ...«

Diese Frage hatte mit einem Schlag das Spießumdrehspiel abgebrochen.

»Gert ... ich will meinen Kopf jetzt mal klar machen. Wir telefonieren morgen weiter.«

»Aber Nadja, bitte, lass du mich nicht auch noch hängen! Ich bitte dich, ich kann sonst überhaupt nicht mehr weiter. Erzähl' niemand was davon und bleib einfach bei mir, ich bin doch sonst völlig allein.«

Sollte sie es ihm sagen? War sie zum schlechten Menschen geworden, weil sie aus Geltungssucht Mata Hari gespielt hatte?

»Geltungssucht«, hatte Gert im AK Psychologie einmal gesagt, »beruhige dich, Lady, das ist nur das Gegenteil zu der krankhaften Sucht, nichts zu gelten.«

Sie wollte ihn noch einmal anrufen. Aber dann gab sie dem schlechten Gewissen einen harten Kanten: »Die Verpflichtungserklärung war ja in der Welt und wäre veröffentlicht worden, auch wenn ich Heribert Swann nicht angerufen hätte. Völlig unabhängig davon.«

Am Samstag in aller Frühe hörte sie Pierres Stimme auf ihrem AB. Nadja wäre ihm durch die Leitung am liebsten um den Hals gefallen und rief ihn sofort zurück.

»Ich war zu feige, bei dir anzurufen, Pierre. Das war total ungerecht, was ich da veranstaltet hatte.«

»Lass' mal, Nadja, jetzt sitzen wir gemeinsam in der Scheiße, wie sie tiefer nicht geht. Es muss wohl dieser Heribert gewesen sein, der irgendwoher an die Verpflichtungserklärung gekommen sein muss, die damals aus Gerts Akte gerissen worden war.«

»Heribert?«

»Na jedenfalls gestern auf der Krisensitzung mit Jusos, PDSlern und diesem Grünen Ex-MdLer, da hieß es, Swann habe einen Sensationsfund in die ›Focus‹-Redaktion mitgebracht.«

»Und das ist wahr?«

»Absolut wasserdicht, ein klares MfS-Dokument, da gibt es keinen Zweifel. Schriftlich von Gert Sulima, mit echtem Namen, erklärt sich, exakt protokolliert. Und darin kriegt er zur Feier des Tages auch seinen Decknamen verliehen, von seinem Führungsoffizier: ›Niemöller‹.«

»Das gibt's doch gar nicht. So viel Enttäuschung kann ein Mensch doch nicht verkraften«, flüsterte Nadja und ließ hemmungslos die Tränen durch die vibrierenden Hände rinnen.

»Alle lügen mich an, alle, alle.«

»Ach Mensch, Nadja, ich wollte dir nicht weh tun, ich dachte bloß ruf' mal an, weil du damals so traurig abgehauen bist.«

Er suchte sachlich fortzufahren: »Also Grüne und SPD sind vorläufig raus, ein Juso will noch lose Kontakt zur BI halten, was immerhin etwas ist und die PDS macht solange mit, solange der Juso dabeibleibt. Also immerhin machen wir irgendwie weiter.«

»Aber ohne Aussicht auf irgendeinen Erfolg. Weitermachen als Selbstbeschäftigung.«

Das ging wieder in Tränen unter. Wenn alles ein einziges Lügengebäude ist, wenn einem die engsten Freunde ins Gesicht lügen, wenn man sich zum Spielball für anonyme Anrufer macht …

»Die bedrohen dich jetzt, nicht wahr?«

»Ach, die mein' ich gar nicht, das steck ich weg … Pierre, weißt du was, komm her, ich bitte dich einfach nur! Wir fahren raus zum See in ein Strandcafe. Ich nehm' die dicke Sonnenbrille mit, damit mich niemand erkennt, außerdem mit den verheulten Augen und ohne Schminke erkennt mich sowieso niemand wieder. Und ich erzähl dir einmal ein bisschen was. Da wirste staunen. Ich soll zwar niemand was erzählen, aber die, die das verlangt haben, haben mich auch derart verladen, dass es auf keine Kuhhaut passt.«

Der Scharmützelsee bei Bad Saarow, noch heute atmet er DDR-Sommerfrische, mit Gedenkstätten für Johannes-R.-Becher und Maxim Gorki, mit seinem holzbalkigen Dorfbahnhof, der wie die Kulisse eines Fünfziger-Jahre-Film übrig geblieben steht.

Das Cafe am Seeschwimmbad bot auf einer Tafel drei Kuchenarten: Apfelstreusel, Pflaume und Käse. Die Karte, seit der Wende kaum aufgestockt, enthielt Soljanka, Bockwurst und Schinkenbrot. Gert war hier oft mit ihr. Die dicke Wirtin hatte er für »ihren Mutterwitz« gleich ins Herz geschlossen.

»Alles nur Schweinefleisch?«, hatte er damals gemäkelt und dann ironisiertes Pathos versucht: »War die Deutsche Demokratische Republik nicht auch berühmt für ihre Broiler?«

Worauf die Wirtsfrau die Arme lang ausgebreitet hatte wie Fernandel als Don Camillo: »Alle ausgestorben, die Tiere.«

Gert hatte derart laut gebrüllt vor Lachen, dass es selbst Nadja peinlich war.

Für Sylter Glamour hat die Region nicht die Mittel parat, so dass ein Teil der Bewohner, bei allen Vorbehalten gegen westdeutsche Glücksritter, den Sponsoren Jack White und Boris Becker mit aufkeimender Hoffnung entgegenblickte, die sich auf das tief verwurzelte Misstrauen gleichsam aufpfropfte. Was sich da hinter dem großen Empfangsschild für das Golfhotel an steuersparender Pracht in Glas, stilvollen Messingleuchten und stahlblauen Tor- und Fensterschwingen darbot, stand in einem Kontrast zu den schmutzbraun blätternden Zweifamilienfassaden, an die noch keine Zuschussmittel je auch nur herangedacht worden waren, wie sie sich am Golf-Hotel zur kolorierten Südstaaten-Idylle aus ausgewachsen hatte. Insofern war Jack White eine Art »Rett Buttler von Saarow« Aus den argwöhnischen Winkeln der Wimpern beäugt, bewundert, bedient, in gegenseitiger vager Vertröstung auf ein irgendwann, wo dann jeder dabei sein wollte.

Pierre hatte Nadjas Geschichte mit großen Augen angehört.

»Du ahnst dasselbe wie ich. Aber hast du nie irgendeine Stimme am Telefon wieder erkannt?«

»Klar, war ich auch auf die Stasiknechte gekommen. Aber das sind doch nicht die Typen dafür. Das waren die reinsten Spießer. Völlig ohne jedes ökologische oder soziale Bewusstsein. Die wollen nur eine soziale Frage lösen: ihre eigene.«

»Trotzdem, denk dran: Verstellungskünstler! Wenn sie's doch gewesen sind, haben wir mehr als eine harte Nuss zu knacken. Und wenn die dann auch noch auf der Gegenseite mitspielen.«

»Die sind das nicht. Ich hätte die Stimme erkannt.«

»Und wenn sie genau dafür vorgebaut haben? Der Fälscher, der Monteur und wie du sie alle genannt hast. Vielleicht versteh'n sie ihr Handwerk noch besser. Übrigens, in unserem Öko-Chat auf Indimedia, da ist auch einer dabei, der sich »Monteur« nennt. Kennt sich schweinemäßig schlecht mit dem Internet aus, aber hält volles Rohr zu uns. Ich wollte ihm schon mal ein adope reinloaden. Aber der gibt nix von sich preis, lieber lässt er Mails mit Anlage ungeöffnet.«

»Das passt nicht, das ist Zufall. Diese Stasiknechte sind völlig arschige Rentner, auch wenn Heribert immer so getan hat, als seien die Wunder wie gefährlich. Die kannste aus allen Spekulationen raushaken. Ich hab es selbst bis vor kurzem noch angenommen. Aber warum sollten die eine Verpflichtung veröffentlichen? Über mich an Heribert? Da passt gar nichts zusammen!«

»Ja, warum sollten die auch gerade dich benutzen, zumal Gert doch einigermaßen immer behauptet hat, dass es eine Verpflichtung gar nicht geben kann?«

Nadja brach erneut in Rotz und Wasser aus, was Pierre bald hinter der Sonnenbrille hervorblubbern sah: »Ich weiß gar nicht mehr, was es geben kann und was nicht. Ich weiß nicht mal mehr, was bei Gert wahr ist. Erst sagt er, von Stasi wisse er gar nichts, dann waren es doch zwei Monate …«

Ihre breiten Schultern schlackerten wie ein Kreisel kurz vor der letzten Drehung, Pierre fasste unwillkürlich in der Hosentasche nach seinem ausgewaschenen Taschentuch.

»Jetzt redest du aber so, wie die berühmten Westrichter. Gert hat keine moralische Pflicht, irgendwas zu erzählen, wo er nicht weiß, was davon in die Zeitung kommt. Das wäre eine berechtigte Notlüge gewesen!«

»Und was ist es, wenn er mir, wohl bemerkt mir, erst sagt, es könnte gar keine Verpflichtung geben und jetzt grenzt er das so allmählich auf eine schriftliche Verpflichtung ein.«

»Nadja, eine schriftliche Verpflichtung, das weiß ich alles aus unserem Öko-Chat, die muss durch den IM selbst von A bis Z handschriftlich verfasst und unterschrieben sein. Eine mündliche – da hat der IM null Chancen. Die schreibt der Führungsoffizier ganz alleine. Weißt du, was so ein karrieregeiler, hauptamtlicher IM-Aktenmanager seinen Vorgesetzten über den bedeutenden Kirchenfürsten Gert Sulima in dessen 5. oder 6. Theologiesemester und seine Einflusssphären bis in die oberste Kirchenleitung so alles an Scheinerfolgen kredenzt hat?«

»Mich ärgert, dass er mich angelogen hat, dass ich mich auf niemanden verlassen kann.«

»Üb Nachsicht! Es ist wirklich ein kompliziertes Spiel. Und es läuft irgendwas Geheimdienstliches ab. Nun heul mal nicht! Sei mal wieder unsere … Lady! Also ich kann versteh'n, dass du da mitgespielt hast. Dass sich das jetzt als Scheiß herausstellt, macht die Sache ja nicht schlimmer. Es gab ja immerhin überhaupt keine andere Chance mehr!«

»Du bist mein einziger Freund, Pierre.«

»Klar!«, er schluckte und nach einer kurzen Pause mit kindlichen offenen Augen direkt in Nadjas Sonnenbrille, »weil's um die BI geht, um diese schöne Gegend hier, um Gerechtigkeit. Das ist es, was uns zusammenhält und das wollen wir darum auch gemeinsam weiter verteidigen.«

»Und wenn Gerts Anwalt am Montag die Klage zurücknimmt, dann ist das ein Eingeständnis von Gerts Schuld. Und, weil ja alles klasse zusammenpasst, so, als habe es irgendwo irgendjemand direkt so geplant, wird am Dienstag der Ausschuss die Planfeststellung genehmigen. Und das ist dann das Ende.«

»Zum Selbstmitleid haben wir noch später Zeit, Nadja, komm!«

»Selbstmitleid?«, die Tränen pulsierten kräftiger unter der Brille hervor.

»Das ist das Ende von ... von ... Kindern, die zwischen den Hecken nach Fröschen suchen. Von alten Ehepaaren, die stundenlang vor dem Haus sitzen, um Vögel zwitschern zu hören. Keine Wanderwege mehr, gesunde Luft, die schönen Weidenbäume ... Und alles, weil ein paar prominente Wichtigtuer mit ihren Millionen sich eine Straße in den Kopf gesetzt haben. Weißt du, wie viele Leute dann noch wählen geh'n, keine 10 Prozent mehr, schwör ich dir. Dann haben sie mehr, als jede SED bewiesen, dass ihnen die Menschen grade am Arsch vorbei geh'n.«

»Nadja, mich brauchst du nicht zu überzeugen. Übrigens fällt mir ein, dass ich zwei Tage jetzt schon nicht in den Chat geschaut habe. Willste nicht mal mitkommen?«

Sie fuhren jene vier Kilometer von Saarow über Petersdorf in Richtung Fürstenwalde. Der kleine Peugot von Pierre rumpelte über die Kopfsteinbrocken, so dass er nicht genau erkennen konnte, ob das Schlackern in Nadjas Armen davon oder von Heulerei kam.

Mit dem raschen Tastendrücken, das das Catwiesel verrät, hatte Pierre das Indimediaprogramm jener Community, zu der er sich zählte, hochgefahren und nach wenigen Sekunden die Reaktionen auf die Ankündigung der Verpflichtung im »Focus« auf dem Schirm. Dass bei SPD, Grünen und nun auch PDS Absatzbewegungen von der BI dominierten – »bis auf weiteres«. Dass die MAZ vernichtend werden würde, die sie am Sonntagabend in den Gaststätten und am Montagfrüh an den Kiosken kaufen konnten. Und die dann in alle Briefkästen transportierte: »Sulima schwer belastet … Wenig Aussicht für Umweltpfarrer … Stasi-Verdacht erhärtet«

Pierre las laut vor: »Von Seiten der PDS, die bis dahin fest zu Sulima und gegen die Neue Bad-Straße gestanden hatte, werden nun auch Stimmen gegen die BI laut, sich klar von dem unter Stasiverdachtsdruck geratenen Kirchenmann zu distanzieren. Einzig die Landtagsabgeordnete Stobrawa pocht bei der SED-Nachfolgepartei auf die so genannte Unschuldsvermutung … Die arme Frau wird sich warm anziehen müssen«, unterbrach Pierre den Vortrag, »bei SPD und Grünen war man schon vorher auf Abstand zu den vermeintlichen Umweltschützern gegangen. Es ist ebenfalls ein offenes Geheimnis, dass in allen Parteien der Druck der einfachen Mitglieder zunimmt, dem Straßenprojekt auf Grund der Arbeitsplätze und Wirtschaftsbelebung in unserer an Infrastruktur stark gebeutelten Region zuzustimmen. Der Meinungsumschwung hat mit der neuerlichen Enthüllung einer mutmaßlich von Sulima selbst abgegebenen Verpflichtungserklärung beim Ministerium für Staatssicherheit zu tun, war es doch der Pfarrer in erster Linie, der selbst von der Kanzel die Arbeitsplatz-Zusagen der Investorengruppe um Boris Becker und den Schlagerproduzenten Jack White immer und immer wieder als ökologische Milchmädchenrechnung verteufelt hatte. Dazu erklärte der Fürstenwalder Bürgermeister: ›Nun muss er sich selbst einer brutalen Lüge überführen lassen …‹«

»Wenn ich MAZ wäre, würde ich auch so frohlocken! Am Montag fahre ich zu Gert, nach Polen«, flüsterte Nadja.

»Das find ich ja toll«, kam es traurig-sarkastisch von Pierre, »und wir dürfen den Spießrutenlauf hier alleine machen.«

»Das ist hier nur der Vorgriff via Internet. Wenn die realen Zeitungen mal auf den Frühstückstischen liegen, brauchst du dich wochenlang hier nirgends sehen zu lassen, Pierre. Komm doch einfach mit!«

»Nie und nimmer. Denk doch mal an die anderen.«

»Maik zum Beispiel …«

»Der ist nicht so verkehrt, Nadja. Und außerdem ist er nicht allein die BI! Nee, ich zieh das durch, und wenn ich der letzte

Mohikaner bin. Die Sache ist berechtigt, mag alle Welt das anders sehen. Diese Hetzmedien kommen auch noch zur Ruhe. Übrigens hast du hier im Chat durchaus Durchblicker. Hier... was ist denn das? Boris Becker und Jack White spenden der Bürgerinitiative 10.000 DM ...«

»Als ob unsere Schande nicht schon groß genug wäre, jetzt kriegen wir noch eine Abfindung als Beerdigungszuschuss. Und Maik wird dieses Judasgeld auch noch annehmen, wirst du seh'n!«

»Wenigstens humane Sieger, im Unterschied zu den anderen Wessis. Okkupanten mit menschlichem Antlitz«, spöttelte Pierre, »da: der Monteur hat wieder zugeschlagen.«

»Zeig mal, nicht so schnell Pierre, ich hab's noch nicht ganz gelesen! ... Was meint er mit Entlastendes folgt, und dann mit diesem Zitat, wo Gefahr wächst, wächst das Rettende auch, Höl...der...lin?«

Sie kam nicht dazu, die Internet-Hieroglyphen zu dechiffrieren, denn ihr Handy fiepte los, und sie erkannte Heriberts Nummer auf dem Display. Sie hielt das Gerät erst mit ausgestrecktem Arm weit von sich, dann nahm sie tief Luft: »Jetzt ruft der an. Jetzt, keinen Tag früher.«

»Nadja, ich weiß, dass du mich verfluchen wirst. Nadja, nein, hör mich an, es ist wirklich alles zu erklären!«

Ihr »du ..., du« und dann ihr »du hast das alles getan, um mich kaputt ...« ließ ihn immer hauchender werden: »Du warst nicht zu erreichen. Wenn du wenigstens auf meine ganzen Anrufe einmal zurückgerufen hättest, die ganzen zwei Tage ...«

»Einen Tag höchstens«, giftete Nadja dazwischen.

»Es ging Hals über Kopf. Du hast mir dieses Dokument in den Briefkasten getan ...«

»Ich? Klar, ich!«

»... und das war nachweislich Gert Sulimas Handschrift und da hat ein Journalist seine Aufklärungspflicht gegenüber der Öffentlichkeit. Ich wollte es trotzdem niemand erzählen. Wirklich, ich war schweigsam wie ein Grab, glaub mir das! Ich habe immer an das Versprechen gedacht, an dich, an uns, an diese wunderbaren Stunden und um nichts in der Welt will ich dich jemals verlieren, Nadja, bitte glaub' mir, da kam dieser Giesmaier, dieses Schwein, dieses Stück Schmutz, du musst mich anhören, der hatte die gleiche Kopie, genau die gleiche. Ich kann es dir beweisen, noch bevor du mir den Umschlag gebracht haben kannst, hatte er mich angerufen und mir einen Satz daraus zitiert, hör' deinen Anrufbeantworter ab, mit der Uhrzeit, da hab ich dir's Original draufgesprochen, Liebes, ich bitte dich, dann glaubst du mir! Ich wollte und wollte nicht glauben, dass du diesen Schrieb ihm auch gegeben hattest. Ich konnte das nicht glauben. Also habe ich sooft bei dir angerufen, meine Chefredaktion hingehalten. Die saß mir im Nacken, ich hatte keine lange Zeit zu überlegen. ›Spiegel‹ oder ›Focus‹ am Montag? Freitag ist dafür der allerletzte Entscheidungstag, du kannst das Heft ja praktisch heute sonntags schon kaufen. Und dann, weil ich dich nirgends erreicht hatte, habe ich es ihnen gezeigt. Nur gezeigt. Nicht weitergegeben. Aber als mir der Richter von der Pressekammer noch gesteckt hat, dass Gerts Anwalt mit Sicherheit die Klage zurückziehen will, war das ja sozusagen das Geständnis. Da konnte ich doch nicht der Letzte sein, nur weil wir uns so gut verstehen. Ich hätte mich zum Obst gemacht, nach all den langen und aufreibenden Recherchen der letzten Monate wäre ich der Einzige gewesen, der die dramatische Wende im Fall Sulima **nicht** geschrieben hätte. Das wäre nicht nur mein Aus bei ›Focus‹ …«

»Sondern auch dein Aus beim Bundesnachrichtendienst gewesen«, schrie Nadja dazwischen, die weder Tränen noch Schüttelfrost mehr halten konnte.

Er überhörte das: »Hättest du mein Aus wirklich von mir verlangt, Liebes?«

»Ach, ich weiß gar nicht mehr …«, ein hoher klagender Ton und ein Schneuzen, »was und wem ich glauben soll.«

Seine Stimme war nun vollends weich geschmirgelt: »Ich kann mir genau vorstellen, Nadja, wie du dich fühlst. Aber glaub mir, du bist nicht schuldig, weil du mir den Umschlag eingeworfen hast. Und ich bin genauso wenig schuld. Der Giesmeier hat ihn. Ich habe ihn genau verstanden, als er mich anrief. Nadja, ich werde dir helfen und der ganzen BI, ich habe den White und den

Becker schon zu dieser Spende gebracht. Immerhin 'n paar Tausender. Nadja, die wissen, dass das mit der Umwelt eine Scheiße ist und die würden so gerne das alles anders machen. Ich werde euch alle an einen Tisch bringen. Ja, das ist es, und wenn es das Letzte ist, was ich dir schuldig bin. Und du wirst seh'n: Da kommt was bei raus und euer ganzes Engagement hat dann ein Ergebnis. Ich bin darüber schon im Gespräch mit diesem Typen da, na? Diesem neu gewählten Sprecher, ein ganz vernünftiger Kerl, obwohl er von der PDS ist, da dieser ... na ...«

Nadja hatte die rote Taste gedrückt, die Scham, diesen Mann so nahe an sich gelassen zu haben, war noch stärker als der Zorn über dessen großgönnerische Art, selbst jetzt, wo er der Schäbigkeit überführt war. Alles war aus, die BI nur noch eine Adresse für Glaubwürdigkeitsmarketing der Investoren Becker und White. Gert war faktisch für alle Zeiten zerstört, sie zum Freiwild gestempelt. Und alles, worauf sie gehofft hatte, hatte sich ins Feindselige verkehrt. Sie stand vor Pierre am ganzen Leibe schlotternd: »Ich glaube, ich werde ohnmächtig, ich kann einfach nicht mehr. Ich war es, die dieses Ding ihm gebracht hatte, nein ich war es nicht, aber ich habe dabei mitgespielt, dass es in seinen Briefkasten gelangt ist. Und mich konnte er nicht erreichen, sonst hätte er es womöglich nicht gedruckt.«

Pierre hatte den Arm um sie gedrückt.

»Das glaubst du doch selbst nicht: der und was nicht drucken? Der hat sich das so zurecht gelegt, was er dir gerade erzählt hat.«

Aber Nadja konnte nicht mehr zuhören: »Da schieben die mir den Umschlag in die Schuhe. Und ich ausgerechnet soll dann telefonisch den entscheidenden Tag lang nicht erreichbar sein. Und ich blödes Huhn tu' das auch noch. Und dann erfahre ich, dass sie das gleiche Papier schon vorher dem Giesmeier zugespielt haben. Solche Schweine. Ich muss rauskriegen, wer diese Anrufer sind. Das gibt's doch alles nicht. Aus mir, die niemandem was zuleide tun wollte, haben sie ein Schwein gemacht. Alle haben sie ein Schwein aus mir gemacht. Pierre, ich fahre zu Gert und ich komme nie mehr wieder, ich bleibe auch in Polen. Und wenn ich Pfäffin werde ...«

Nur sehr kurz leuchtete eine Andeutung von Brombeeraugen und Grübchen durch die Flut aus Rotz und Wasser.

»Erst wenn sich niemand mehr daran erinnern kann, dass es hier mal eine Bürgerinitiative gab, wenn die Straße steht und glückliche Raser von Berlin zu Jack White ins Golfhotel fahren mit offenen Cabriolets … und steuersparenden Ladies und … lauter Musik, dann komme ich wieder und dann hole ich mir ein Autogramm von Boris Becker – oder schieß ihm eine Kugel durch den Kopf. Und erst, wenn der mich nicht komisch anguckt, melde ich mich mit dem Wohnsitz wieder zurück in meine Heimat, meine wunderschöne Heimat. Denn dann habe ich mit Bad Saarow nix mehr zu tun, überhaupt nix mehr, erst dann kann ich wieder hier wohnen!«

Sie hatte das wieder stoßweise herausgeschrieen. Dann hielt sie sich an Pierres Hockerlehne und sank in den uralten Sessel vor dem Monitor.

Natürlich mochte auch Pierre Nadja. Aber es war ihm immer selbstverständlich, dass bleiche, unauffällige Männer bei Frauen mit solchen Augen, solcher Figur und solchem Feuer es gar nicht erst zu versuchen hatten.

Als er sie in dieser Nacht bat, bei ihm auf dem Sofa zu schlafen, worauf sie nur winzig nickte, war es nur, damit sie auf keine dummen Gedanken kommen würde.

»Gib mir Schlaftabletten«, und als er sie fassungslos anstarrte, lächelte sie durch das Tränenbad, »nur eine oder zwei.«

Nach einer halben Stunde schlief sie, als Pierres Telefon ging und Gert sich aus Polen meldete.

»Es ist eine Fälschung, glaub mir Pierre, bei allem was mir heilig ist. Ich habe ganz lange nachgedacht, jeden Winkel in meiner Erinnerung durchstöbert.«

»Ich glaube, Gert, ich bin hier der Einzige, der dir möglicherweise glaubt. Aber in der Öffentlichkeit ist da null Chance. Aber sag mir eines, von wem könnte dieser Giesmeier und der ›Spiegel‹ das Faksimile haben?«

»Ach, der hat doch gar nix, der ruft doch immer bei mir an und fragt mich nach dem neuesten Stand.«

»Der hat dein Telefon?«

»Ich hab's ihm gegeben, weil er mir seinen einigermaßen giftarmen Kommentar vorgelesen hatte, der jetzt am Montag im Spiegel erscheint«

»Wann hast du zuletzt mit dem gesprochen?«

»Gestern Nachmittag!«

»Und da hatte der keine Verpflichtungserklärung?«

»Ach iewo, gar nix hatte der!«

»Waaas? Der hat am Freitag noch bei dem Swann angerufen und sogar wörtlich aus der Verpflichtung vorgelesen!«

»Das sagt der Swann.«

»Nein, das hat Nadja mit Datum vom Freitag, als der noch nichts im Briefkasten gehabt haben konnte, von Swann auf ihrem AB gehabt. Original wörtlich. Ein Satz aus dieser Verpflichtung ...«

»Pierre, die kann es nicht geben«, seufzte Gert dazwischen.

»Jedenfalls ein Satz, der dann genauso gestern im Chat zitiert stand.«

»Ich verstehe nichts mehr. Nun bin ich völlig am Ende. Gib mir doch mal die Nadja.«

»Geht nicht, die liegt hier und ratzt. Würd' sie nur ungern wecken ...

»Die schläft bei dir? Hm.«

»Es ist alles für sie zu hart, sie hat was zum Schlafen eingenommen.«

»Gib ihr von so was bloß nicht zuviel auf einmal. Aus solchen Treibjagden hat sich schon mancher freiwillig rausgenommen. Und ... na ja ... pass auf sie auf, ja! Es kommt alles immer noch schlimmer. Mach mal die Website vom Landratsamt auf.«

Als kurz darauf Pierre leise, damit die sich unruhig auf dem Sofa wälzende Nadja nicht wach wurde, seinen PC hochgefahren hatte, stieg auch in dem unaufgeregten, blassen Mathematiker allmählich etwas hoch, was er bis dahin nur Terroristen zugetraut hatte. Der Landkreis hatte still und heimlich in den letzten Tagen ein Eilverfahren zum Bau der Neuen Bad-Straße beschlossen, »da die Investorengruppe um den international renommierten

Schlagerproduzenten Jack White angeboten habe, direkt und innerhalb von 4 Monaten neben dem Golfhotel noch ein Spaßbad für »die Kinder in unserer Region« plus sechs weiteren Tennisplätzen mit bevölkerungsfreundlichen Preisen zu errichten. Dazu sei die Sitzung des Planfeststellungsausschusses auf den Donnerstag verschoben worden, um dann aber sofort »Nägel mit Köpfen« zu machen, wie der Bürgermeister nach einem Gespräch mit dem Landrat der Presse erläuterte. Für die Sicherstellung der 7,3 Millionen Landesförderung und der Neuen Bad-Straße sei nunmehr an einen parteiübergreifenden Konsens gedacht, der den Investoren und brandenburgischen Landesregierung signalisieren sollte, dass die Region hoch motiviert hinter dem Projekt stünde. Der Umwelt müsse dabei allerdings höchste Priorität eingeräumt werden …

»Blah, blah …«, schäumte Pierre vor dem Monitor.

Der »Heimatverein Umwelt und Fremdenverkehr« habe, las er weiter, die Investoren des Golfhotels, Vertreter von Politik und Baufirmen und sogar zwei Vertreter der BI kurzfristig zu einem »öffentlichen runden Tisch« am kommenden Dienstagabend, dem Tag vor der im beschleunigten Verfahren vorgezogenen endgültigen Beschlussfassung eingeladen. Und Maik Polter, ihr neuer Sprecher, hatte zu diesem Podium zugesagt.

Die darauf folgende Stunde surfte Pierre alles ab, was es auch nur entferntest zum Thema gab. Dann rief er Maik an: »Mensch, so tief soll man nie sinken, den Kakao, durch den man dich zieht, auch noch zu trinken. Warum gehst du da hin?«

Maik klang so selbst- und verantwortungsbewusst, wie nie zuvor. Die BI müsse endlich lernen, in realen Möglichkeiten zu agieren, nicht in Wunschträumen. Die IM-Akte von Gert sei nun mal Fakt. Und außerdem: Es ginge nicht um Maximalwünsche der Bürgerinitiative, »sondern um das maximale Wohl der Bürger von Bad Saarow«.

Diesen Satz wiederholte Pierre nicht nur der aufgewachten Nadja, den hörte er mit Maiks mittlerweile fast prominenter Stimme ab diesem Tag immer und immer wieder im Radio. Er stand dann auch in der Presseerklärung der örtlichen PDS, der Kirche, der SPD. Er floss sogar am Dienstagmorgen in einen Kommentar des stellvertretenden Chefredakteurs der MAZ ein, dass dieser Maik Polter, in Personalunion für PDS und als neuer BI-Sprecher agierend, sogar die entzweite Region vereinigt habe und damit »einen gewissen Realitätssinn der SED-Nachfolger« bewiesen habe.

Auch der SPD-Vertreter hatte sich auf Maik bezogen: »Maximalwohl als Minimalkonsens«. Und die CDU nahm Maik direkter beim Wort: »Wenn das Umdenken wirklich ehrlich gemeint sei, dann fehle nun noch das Bekenntnis der neuen BI-Spitze, dass das ›maximale Wohl‹ neben den ›selbstverständlichen‹ Umweltbelangen auch Investoren, Arbeitsplätze und Straßenbau einschließen würde«, erklärte die frischgeschaffene ökologiepolitische Sprecherin der CDU, Freifrau von Steinbach.

So schloss der vierspaltige MAZ-Kommentar ab, in dem er die neuen Stasierkenntnisse über Gert Sulima ausgiebig zu würdigen wusste: »Insofern hat sich der jüngste und für viele verblüffende Fund der Stasi-Verpflichtungserklärung des mittlerweile entthronten Ex-Sprechers und Hals über Kopf geflohenen mutmaßlichen IM Sulima als geradezu heilbringend erwiesen. Es gibt der BI doch endlich Gelegenheit, sich von fundamentalistischen Auffassungen zu trennen und sich der Realität zu stellen. Einer Realität, in der Arbeitsplätze, Fremdenverkehr und Umweltschutz zu einer gesunden Balance mit Augenmaß gelangen müssen. Und, seien wir ehrlich, eine **solche** Bürgerinitiative hätte dann nicht nur Platz in unserer Region, sie wäre hier auch bitternötig.«

Der Bogen

Nadja wollte am Dienstagabend auf keinen Fall mitgeh'n. »Unter keinen Umständen nehme ich an meiner eigenen Beerdigung teil.«

Doch Pierre bat sie wieder und wieder, sich nicht diese Blöße zu geben. Dann brach sie wieder in Tränen aus, musste sich übergeben und er schwieg, denn das wollte er ihr dann doch nicht zumuten.

In der Nacht fuhr er sie nach Hause, über die Holperstraße. Vor ihnen waren plötzlich Blaulicht und Warnblinken hinter Sträuchern aufgetaucht. Dann eine gespenstig ausgeleuchtete Baumgruppe, um die offensichtlich weiß uniformierte Sanitäter hasteten, zwei Bahren, ein Polizeibeamter am Autofunk. Dann erst sah sie den Autostau auf der gegenüberliegenden Straßenseite. Eine junge Frau, vielleicht ihr Alter, lag gekrümmt am Straßenrand. Ein Mann mit offenem Hemd saß daneben, die Hände vorm Gesicht.

»Und du denkst, du bist unglücklich?«, raunte ihr Pierre zu. Ihr traten Tränen in die Augen, sie fuhren langsam weiter. In ihr war eine Ruhe wie lange nicht mehr.

Den Montag über sah sie niemand. Pierre bekam besorgte Anrufe. Sogar von Maik. Abends fuhr er rüber zu ihr, fand sie im Trainingsanzug. Die Gundermann/Maurenbrecher-CD lief halblaut. Auf dem Esstisch lag aufgeschlagen neben Dosenwurst, haltbarem Pumpernickel und H-Milch: Brechts MeTi-Buch. Und im Flur: zwei gepackte Koffer. Trotzdem atmete Pierre auf. Sie deutete auf die zusammengefaltete Zeitung neben der Wohnungstür und hielt den Zeigefinger vor die Lippen: »Ich meld' mich morgen bei dir. Lass' mich erst mal sortieren.«

Am Dienstag gegen fünf erschien sie dann bei Pierre, fahrig und geschminkt: »Okay, lass uns mit Würde verlieren! Du gehst mit nachher? Herr Becker soll nicht denken, dass wir vor seiner Kohle alle zu Kreuze kriechen.«

»Woher der Sinneswandel?«

Höhnisch und sanft hob sie die Augenbrauen und Pierre sah die Wolfsgrübchen und dann erst den starren Blick: »Ist mein letzter Tag hier. Ab morgen hab' ich ein Zimmer in Krakau.«

Pierre wollte nicht, dass sich das festsetzt: »Du der Giesmeier hatte die Verpflichtung gar nicht, sagt Gert. Da hat der Swann schlicht gelogen.«

»In diesem Fall nicht, glaub ich. Da hat er ausnahmsweise mal die Wahrheit gesagt. Jemand hat tatsächlich bei ihm angerufen. Und der klang wie Michail Giesmeier. Sonst hätte er nicht diesen Satz aus der so genannten Erklärung bei mir auf den AB gesprochen, verstehst du, und auch vom Timing her muss das so sein. Aber jemand hat ihn scharf gemacht, wo er scharf zu machen ist. Bei seinem Killerinstinkt. Da kennt der keine Freunde mehr, da wird er zu lauter kleinen Eisenspänen, die sich nach der Anziehungskraft eines Magnets namens Sensation und Macht richten. Und das hat irgendjemand ausgenutzt, der ihn mit der Stimme von Giesmeier angerufen haben muss.«

Den Treppenaufgang der Gesamtschule II hoch schwoll das Geraune aus grüßenden, älteren Menschen aus der Schlange, die bis ins Parterre reichte, obwohl der Saal schon eine Stunde vorher zur Hälfte besetzt war. Dazwischen wieselten einzelne jüngere nach oben. Es hatte zwar so nicht in der MAZ gestanden, war aber dennoch in und um Fürstenwalde ein sich stündlich verstärkendes Gerücht, dass nämlich Boris Becker höchstpersönlich am runden Tisch auf der Bühne im alten Clubhaus und nicht nur einer seiner Anwälte den Platz der Investoren einnehmen würde. Die Sache war ausgestanden, am nächsten Tag würde der Planfeststellungsausschuss mehr oder weniger einstimmig die Neue Bad-Straße und den Brief »ans Land« beschließen, der Investorengruppe die nötigen Fördermillionen für den Anbau von Spaßbad und Tennisplätzen zu genehmigen.

Nun kam es Landrat von Wendisch Rietz und den Bürgermeistern nur noch darauf an, die positive Grundstimmung weiter auszubauen, was die Spende an die BI schon entsprechend geleistet hatte. Ob »der Boris« heute wirklich kommt, war sicher das Hauptthema im Menschenknäuel. Aber die eine oder andere Frage nach der Trasse der Neuen Bad-Straße war auch zu hören, ob das nicht doch alles jetzt etwas zu holterdiepolter ginge, und welches Dorfhaus, welche Gartenhütte oder Scheune abgerissen werden müsse.

Als Nadja und Pierre vor dem Clubhaus aus ihrem Wartburg stiegen und den krummen, seit Zonenzeiten rissigen Asphalt entlang kamen, wurden die auf den Eingang zueilenden Grüppchen sehr leise. Fast hatte sie den Eindruck, man ließe ihnen einen kleinen Spalier die Treppe hoch und nun bereute sie doch, gekommen zu sein, sah überall kalte Blicke, hörte feindliches

Wispern und spürte den Dorfpranger der Neuzeit wieder bis tief in den Bauch hinein.

Sie griff nach Pierres Hand, wie ein Kind, das den großen Bruder vorzeigt, ließ dann aber, als er fest zuschnappte, gleich wieder los.

»Gehen Sie ruhig nach vorne«, lachte ihr freundlich der Straßen-Sachbearbeiter des Landratsamts zu. Pierre schüttelt nur den Kopf, wurde aber dann doch weiter mit ihr in die vordere Hälfte des Saals gedrängt, wo sie bei der Fensterbank Platz fanden. Dann sah sie Heribert kommen und drehte hastig den Kopf weg, fixierte den halbrunden Präsidiumstisch, auf dem zwei Angestellte gerade ein Häufchen Namensschilder, Saft und Wasserflaschen abstellten.

»Der Sack starrt zu dir hinüber. Und alle machen sie ihm den Hof. Der Bürgermeister hat regelrecht einen Knicks vor ihm gemacht, so wie er damals den ersten SED-Kreissekretär hofiert haben muss. Der kriegt tatsächlich einen Ehrenplatz in der zweiten Reihe. Nadja, jetzt musst du tapfer sein, der winkt uns ständig zu, und der bietet uns Plätze an.«

»Diese Sau«, zischte sie durch dünne Lippen, ohne den Blick von der Bühne zu nehmen. Dann sah sie auf die Uhr, die nun auf Punkt Sieben stand und versuchte in weitem Bogen um eine Blickschneise zu Heribert herum auf den Ausgang zu schauen. Da entstand mit einem Mal ein Getöse und Gewimmel, Blitzlichtgewitter, Scheinwerfer und drei Kameras, denen in majestätischer Selbstverständlichkeit Boris himself den Saal betrat, die goldene Hand im Jackett mit eingefrorenem Lachen rundherum grüßend. Beifall brandete auf.

»Huldigungen, wie sie Erich hier in seinen besten Tagen bekommen haben musste«, raunte sie zu Pierre.

Boris, von einem Halbrund aus Journalisten und regionaler Politprominenz in respektvollem Abstand umgeben, ging auf die Bühne zu durch den Saal, ach, was: er ging nicht, er durchmaß den Raum, die Füße im 90-Grad-Winkel wie bei Charlie Chaplin, nur mit mehr Würde und geruhsamer.

Ein paar Dutzend Rentner hatten sich erhoben zum Applaus. Aber auch, um »ihn« besser studieren zu können. Direkt hinter ihm schritt Maik, dem man auf die Schulter klopfte, im Gespräch mit dem Landrat. Beide suchten sie die Füße in ebenso breitem Winkel wie Boris zu halten und damit den Saal zu »durchmessen«, anstatt nur zu gehen. Da der respektvolle Abstand direkt hinter dem Scheinwerferlicht um Boris im Gedränge sofort wieder zusammenbrach, konnten beide das Schreiten nicht in Würde entfalten und so trippelten sie zwar mit 90-gradig gewinkelten Füßen, aber es wurde das Watscheln von »Chaplin the Kid«.

Nadja lief es heiß den Rücken herunter, als Maik ihr freundschaftlich zuzwinkerte und leicht staatsmännisch die Grußhand hob. Dennoch konnte sie nicht anders und musste ihm zulächeln, worüber sie sofort wieder in Zorn geriet. Aber schon lenkte Maik, der offenbar genug Anhängsel des Beckertrosses gespielt hatte, den Landrat und den örtlichen CDU- und PDS-Vorsitzenden in Richtung der Fensterbank. Nach ein paar Metern rief er Pierre zu: »Willst du nicht mit rauf aufs Podium?«

Als Pierre beherrscht den Kopf schüttelte, nickte ihm Maik zufrieden zu und im Abschwenken der Gruppe hörte Nadja »das maximale Wohl der Menschen« und ihr Hals war wie eine Brühwurst vorm Platzen.

Dann wurden die ineinander gesteckten Namensschilder auseinander gezogen und auf die Plätze gestellt. Zwei davon nahm der Bedienstete zur Seite und Nadja hätte jetzt plötzlich doch gerne da oben ihre Meinung gesagt. Ob sie von hier unten, gegen den ganzen Saal, das Wort sich nehmen und überhaupt bekommen würde, war eine in Magendruck geknüllte Frage. Erneut brandete Beifall auf, als Boris Becker sich, begütigend ins Publikum nickend, zwischen Landrat und Freifrau von Steinbach setzte. Der Landrat klopfte professionell »testing« ans Mikrofon und alles war sehr zuversichtlich. Nadja und Pierre hätten wenigstens etwas im Saal Registrierbares an Widerständigem erwartet.

»Die haben es nicht besser verdient«, zischte sie Pierre zu, »die sollen ihre Straße kriegen und alle an den Auspuffgasen der Superstars verrecken.«

»Bleib gnädig, Lady«.

»Ich frage mich nur, warum ich so blöde war, für die …«

»Weil sie vor drei Wochen noch zu 80 Prozent gegen die Bad-Straße waren. Weil sie eben so und morgen so sind. Solange ihnen niemand Gegenkraft gibt.«

»Du mit deiner unendlichen Weisheit, Pierre.«

Vorne klopfte der Landrat gegen ein Glas, eröffnete und begrüßte unter nochmaligem Applaus »auf Investorenseite, um den uns viele Regionen beneiden, den größten deutschen Tennisstar«, ging dann bald auf die Umweltbedenken ein und die »vielen Fragen zu Atemluft, Grundwasser, Straßenlärm, die sich unsere Menschen seit Monaten stellen und auf die wir heute eine gemeinsame Antwort finden wollen«. Das Wort »gemeinsam« ließ im linken hinteren Teil des Saals wieder ein Dutzend Hände klatschen, was aber nicht auf den ganzen Saal übersprang, obwohl der Landrat ausgiebig Pause für Beifall gelassen hatte.

»Unsere Menschen, wie bei der Partei- und Staatsführung«, sagte Nadja probehalber etwas lauter, »wenn die ›unsere Menschen‹ sagen, dann meinen die das besitzergreifende Fürwort – nach wie vor«. Es hagelte drei, vier strafende Blicke. Aber es gab direkt neben ihr von einem bärtigen Vierzigjährigen auch ein anerkennendes Lächeln und links vor ihr schien sogar jemand zu nicken.

Bald kam der Landrat auf das »traurige Kapitel unseres engagierten Pfarrers«, dem er mit wohlgesetzten Worten dankte für sein Engagement, für die vielen bohrenden Fragen, die wir heute hier alle beantworten wollen, aber vor allem auch dafür, dass er die Größe hatte, sich und uns nach dem furchtbaren Verdacht, der bis heute nicht entkräftet ist, ja, der sogar immer neue Nahrung bekommt, zurückzuziehen und die Problemstellung damit nicht mehr zu überlagern und nicht weiter zu belasten.«

Eine unsichere Zustimmung schien aus den Gesichtern der um sie herum Sitzenden zu sprechen. Und dann plötzlich kam von ganz hinten ein Rumoren, wohin sich plötzlich alle Köpfe drehten.

»Darf ich dazu etwas sagen?«

»Wir wollen eigentlich erst später mit Ihnen allen diskutieren …«

»Ja, aber Sie haben hier etwas über einen Abwesenden gesagt, was so nicht stehen bleiben darf. Immerhin kann sich Herr Pfarrer Sulima nicht wehren.«

Nadja stockte der Atem. Der Landrat aber schien entschlossen, durchzuziehen. Das Rumoren jedoch schwoll an, und er konnte es nicht genau orten. Andererseits war man sich am Podium derart sicher, das Publikum breit hinter sich zu haben, dass der SPD-Vorsitzende am Podium Boris Becker etwas Aufmunterndes zurief und der wiederum dem Landrat, die Handflächen ausgebreitet, Zustimmung signalisierte.

»Gut, meine Damen und Herren, weil es nun etwas ist, was uns allen auf den Nägeln brennt, sollten wir eine Ausnahme machen. Ich bitte aber darum, dass danach erst einmal unsere Gäste hier vorne das Wort erhalten und danach dann Sie, wertes Publikum, durch unsere Mitarbeiterinnen die Saalmikrofone gereicht bekommen.«

Und dann kam die Einschüchterung: »Wir sollten aber alle zuerst unsere Namen nennen und uns vorstellen. Und nicht irgendwie aus dem Hintergrund rufen!«

Wieder Beifall. Der aber wieder nicht genau auszudeuten war. Er galt wohl den Gästen, hätte aber auch der geänderten Tagesordnung gelten können.

Von hinten humpelte ein älterer, sehr beleibter Herr in einem hellbeigen Trenchcoat und einem Krückstock durch die dichte Menge nach vorne und an der Seite der Fenster drängten sich noch zwei andere Herren nach vorne, die einen Pack Zeitungen in die Sitzreihen reichten. Der dicke Alte hatte einen strengen Blick über dem entschlossen nach vorne gereckten Kinn, was trotz des weichen Gesichts der Hostess des Landratsamts wenig Chance ließ, ihm das Saalmikro zu verweigern.

»Ich möchte mich zuerst einmal vorstellen: Mein Name ist Wolfgang Golling. Ich bin zur Zeit amtierender Vorsitzender des Gemeindevorstands in der Lutherkirche, also dort, wo unser beurlaubter Pfarrer Gert Sulima predigt, über den viel geschrieben und eben hier gesprochen worden ist. Herr Pfarrer Sulima hat einen Selbstmordversuch hinter sich, ist in ärztlicher Behandlung und es geht ihm sehr schlecht. Es hat eine Kampagne gegen ihn …«

»Nun, ob es eine Kampagne war … Verschwörungstheorie …«, frotzelte der SPD-Mann am Podium ins Mikro.

»Ausreden lassen«, bellte es von einem der beiden Zeitungsverteiler.

»Ich sage bewusst ›Kampagne‹, und möchte sogar sagen, eine einzigartige Verleumdungskampagne. Wir haben mit Herrn Pfarrer Sulima immer nur die besten Erfahrungen gehabt. Er hat unsere Jugendarbeit wieder aufgebaut, bei ihm wurden die Gottesdienste besser besucht, als in weiten Teilen des Landkreises, er …«

»Zur Sache! Das steht doch hier gar nicht in Frage«, mahnte der Landrat.

»Ausreden lassen«, bellten erneut die beiden Zeitungsverteiler nun im Chor und ernteten sogar spärlichen Beifall.

»Nun, ich komme gerne zur Sache. Alles dreht sich nun um die Verpflichtungserklärung, die am Montag in diesem Lügenblatt veröffentlicht wurde.«

Heribert schoss in die Höhe: »Das verbitte ich mir. ›Focus‹ ist ein seriöses Nachrichtenmagazin …«

»Ausreden lassen!« Ein paar Hände spendeten Mut.

»Sie haben das abgedruckt und Sie haben alle Leute hier im Saal, in ganz Deutschland, da oben auf dem Podium …«, er fuchtelte wild mit dem Krückstock in Richtung Becker, »damit weismachen wollen, Gert Sulima sei ein Ostagent gewesen. Und nun ist heute Abend, genau vor einer Stunde, das Neue Deutschland erschienen.«

»Hört, hört. Das Zentralorgan«, rief die CDU-Freifrau dazwischen und entging nur knapp dem »Ausredenlassen« der beiden anderen Kirchenvertreter.

»Nun, Sie können das gerne ablehnen. Aber was da steht, das ist …«, er stützte sich nun auf seinen Stock und schien einen ganzen Kopf über die Menge um ihn herauszuwachsen, »… unabweisbar! Dieser Herr dort …«, er wies auf Heribert, »dieser ›Focus‹ hat ein so genanntes Dokument, zugegeben meisterhaft, gefälscht. Der renommierte Graphologe, Professor Bärmeier, von der TU Westberlin – ebenso wie Sie, da oben, ein CDU-Mitglied! – der hat dies mit der Handschrift durch einen einzigen Buchstaben herausbekommen. Die Zeitung wird hier gerade kostenlos verteilt und Herr Prof. Bärmeier hat die Freundlichkeit selbst heute Abend hier anwesend zu sein.«

Heribert stand pumpend im Saal, während der Krückstock auf einen kleinen glatzköpfigen Mann in der dritten Reihe deutete. Im Saal entstand Unruhe, auf dem Podium steckten die Parteienvertreter die Köpfe zusammen.

»Es ist eine meisterhafte Fälschung, um einen Mann der Kirche, einen Gegner der Umweltzerstörung, einen Freund des Friedens körperlich und im Ruf zu ruinieren. Und, meine Damen und Herren«, er wandte sich zum Publikum, »unsere Kirche hat nun sehr gelitten, lassen Sie dem Pfarrer Gerechtigkeit widerfahren. Lassen Sie sich nicht hinters Licht führen. Zu lange – und ich sage das auch für früher – haben wir immer denen da oben geglaubt. Was hier passiert ist, sollte uns betrügen. Wir lassen uns das nicht gefallen.«

Nadja durchlitt die Schrecksekunde. Dann brach Beifall los, zumindest in einer guten Hälfte des Saals, während Heribert vorne wie wild auf den milde zurücklächelnden Professor Bärmeier einredete.

In diesem Moment tat sich etwas am Podium, was den Saal sofort wieder in ehrfurchtsvolle Stille versetzte: Boris Becker ließ sich den Mikrogalgen vor den Mund schwenken und ließ einen tief beeindruckendes »Darf ich mal die Zeitung haben?« erklingen. Nadja hatte mittlerweile auch eines der Exemplare, die den Verteilern nun nur so weggerissen wurden. Mit feinsäuberlichen Vergrößerungen hatte dort der vereidigte graphologische Gutachter Prof. Bärmeier anhand des unteren Bogens vom »ß« nachgewiesen, dass die Verpflichtung gefälscht war.

Boris Becker hatte sich eine winzige, ovale Hornlesebrille hinter die Ohren geklemmt und studierte nun die Titelseite des ND.

Sein rötliches Gesicht mit den aufgerissenen Karpfenaugen strotzte vor Grüblertum. Der Landrat und alle anderen aus der Politik starrten auf ihn und harrten des Sphinxspruches, der sich nunmehr seiner Physiognomie entwinden würde. Einzig Maik nestelte spielerisch an seinem Schreibset, ganz Profi und den Star nicht fixierend.

Dann geschah etwas, was die ersten beiden Reihen und das Podium zusammenfahren ließ: Boris Becker räusperte sich! Der Landrat kroch förmlich mit dem vorgereckten Kinn in die ND-Ausgabe, auch im Saal wurde wieder und wieder, gleichsam synchron mit den wandernden Blicken des Stars, jene eine Seite gelesen, über die Boris gerade die Lesebrille gleiten ließ. Nur, dass das Publikum sich nicht jene hastig durcheinander purzelnden Ausflüchte erdenken musste, die Boris' Stirn riffelten. Dann hob der den Kopf und auch in den ersten Reihen wurde die eine oder andere Lesebrille abgesetzt. Mit seinem unnachahmlich karpfenmäuligen »Öhöh öhm«, was »unsere Menschen« an die Wimbleton-Pressekonferenzen mit dem »Bub Boris« gemahnte, wobei er die Wangen zum winzig verlegenen Lächeln anzog, die dazugehörige untere Kieferhälfte in eine schläfrige Halboffeneinheit versetzte und den Kopf leicht auf die entsprechende Seite legte, wirkte er entschlossen und unglaublich souverän: »Also, öhöh, für mich ist die Sache, öhm, sonnenklar. Des is eine professionelle Fälschung.«

Nadja sah, wie Heribert durch die gespannt an Boris Lippen klebenden Trauben zum Ausgang schlüpfte. Nun meldete sich der andere Vertreter des Kirchengemeindevorstands, während Wolfgang Golling auf den Stock gestützt, wie eine drohende, krumme Bleiskulptur weit in den Schatten unter der Empore ragte: »Wie lange, meine Damen und Herren, haben wir schweigend mitgemacht und Unrecht von oben hingenommen. Wie oft haben uns irgendwelche Zeitungen dafür als Untertanen und Duckmäuser bezeichnet. Und heute wird einem aus unserer Mitte derart professionell, und da bin ich dem Herrn Becker dankbar ...« – mit unhörbaren »Ööhm« aus weithin sichtbar schläfriger Kieferstellung lächelte der Tennisstar ebenso dankbar zurück, »... Unrecht getan. Nun haben wir alle die Gelegenheit unter Beweis zu stellen: Diesmal nicht mit uns.« Mehr Beifall.

Und nun geschah etwas, das nur zögernd in die ungläubige Nadja einsickerte. Maik Polter justierte das Mikrofon, das er sich als BI-Sprecher mit seinem Nebenmann von der PDS teilen musste, vor den Mund: »Ich bitte um ihre Aufmerksamkeit. Die Bürgerinitiative gegen Straßenwahn hat von Anfang an die Position vertreten, dass es für keine Seite um die Maximalforderungen, sondern um einen echten Kompromiss geht ...«

Er ließ dem aufkeimenden Beifall keinen Raum, überging bescheiden und betont geistesabwesend die Zustimmung.

»Wir haben wirklich jeden Kompromiss gesucht, der gut ist für die Menschen in Bad Saarow, in Fürstenwalde, für die Arbeitsplätze und den Fremdenverkehr, für unsere Alten und besonders für unsere Kinder.«

Nun erst versteinerte sein Gesicht routiniert, um dem Beifall Raum, aber keine Geschmeicheltheit zu zeigen.

»Pfarrer Gert Sulima ließ in großer Würde und Demut seine Funktion in unserer Bewegung ruhen, um den Dialog mit Ihnen, meine Damen und Herren von den Parteien und Ihnen, sehr verehrter Boris Becker, also mit den Investoren, nicht zu erschweren. Vorangegangen war eine Treibjagd, eine Menschenjagd ohnegleichen. Sie alle wissen, dass sein Leben bedroht war, dass er außer Landes gehen musste. Und nicht wenige hatten den Verdacht, dass es zwischen den Plänen für die Neue Bad-Straße und der termingerechten Veröffentlichung einer angeblichen Stasimitarbeit plus dieser Verpflichtungserklärung in ›Focus‹ einen direkten heimlichen Zusammenhang gab.«

Dem Aufbegehren der Freifrau von Steinbach, die sich die glatte Handfläche mehrfach theatralisch über die Augen legte, mochte der Saal kaum folgen, so dass Maik ungehindert die These von der Angeblichkeit einer Stasimitarbeit ausbauen konnte.

»In unserer Bundesrepublik, ja, ich sage unserer Bundesrepublik, gilt immer noch die Unschuldvermutung. Solange nichts bewiesen ist, gilt jeder als unschuldig. Wen hat das gestört in den Zeitungen? Wer hat sich hinter den Pfarrer gestellt, der uns alle immer so mutig die Wahrheit gesagt hatte.«

Maiks Stimme vibrierte, als wolle er losweinen, fing sich wieder und fuhr nun leiser den Saal noch mehr auf sich einschwörend fort: »Und – seien wir ehrlich – auch ich gestehe, davon nicht frei gewesen zu sein. Als es dann hieß, es gibt eine Verpflichtung, war uns das nur die letzte Bestätigung und keiner hat auch nur im Traum daran gedacht, die Echtheit zu überprüfen. Keiner, sage ich. Auch wir von der Bürgerinitiative waren resigniert. Herr Becker, auf dem Hintergrund all dessen, was hier passiert ist, frage ich Sie, bei allem ihrem löblichen Engagement für unser schönes Bad Saarow, bei allem, was wir Ihnen auch an einem guten Geschäft dabei wünschen und gönnen, ja, niemand neidet ihnen einen möglichst schnellen Gewinn. Aber ich frage Sie: könnten Sie nicht doch zur Not auf den Neubau einer Straße verzichten, wenn Gemeinde und Landrat dafür versprechen, zügig die schlimmsten Schäden und Schlaglöcher der Ortsstraße zu beseitigen? Wir alle würden dann die besten Propagandisten für ihr Hotel, das Spaßbad und die Tennisplätze!«

Erleichterung und Respekt vor der rhetorischen Meisterleistung des Maik Polter mischten sich zu einem aufbrausenden Beifall. Boris Becker verdoppelte sein historisches Öhöhm: »Die Straße war ja eigentlich nie unsere Idee. Das kam ja mehr von den ööhm Parteien. Ich muss sogar sagen: Unsereiner fährt so häufig auf breiten Straßen in London, in Rom in Los Angeles, da ist so eine Dorfstraße richtig mal ööhm was ööööhm häm ööhm erdiges. Also von mir aus ööhm muss doch da keine neue Straße gebaut werden. Ich will nur Tennis spielen, mit Kindern, und Golf, ööhm mit Ihnen allen.«

Er hatte sein und Mielkes »Ich liebe euch alle!« für die Menschen hier im Saal modifiziert. Das brachte ihm unbeschreiblichen Beifall. Der Landrat, der sich resigniert in sein Schicksal gefügt hatte und sich fortlaufend mit einem dicken Taschentuch die Stirn tupfte, lachte in engster Verklemmtheit zu Boris Becker hinüber, und der PDS-Vertreter war aufgestanden, um den bedeutenden Worten des »Kindkaisers mit dem Charme eines Killers« (wie die MAZ den Tennisstar noch gestern betitelt hatte) seine Huldigung zu entbieten.

Nadja hatte endlich Gert am Handy: »Es ist unglaublich, wie sich der Saal gedreht hat. Du glaubst nicht, was hier los ist. Du glaubst es einfach nicht!«

Zunächst war es nur ein ungläubiges Schluchzen, dann heulte Gert los wie ein mit Rasierklingen gepeitschtes Tier, gespenstisch und schrill. Das war nicht mehr Gert, dem Nadja immer wieder zuschrie: »Hör doch auf. Es ist vorbei, der Horrortrip is over. Gert, nimm dich zusammen. Du lässt jetzt alles liegen und steh'n und kommst mit dem Zug morgen früh um 12:15 Uhr, da machen wir einen Riesenbahnhof für dich.«

»Es ist nicht wahr ... Du erfindest hier irgendwas«, stammelte der Pfarrer, »das ist nicht wirklich wahr, das ist nur ein Traum, Nadja, sag's mir noch mal, was ist los bei dir?«

»Sogar Maik, erste Sahne, sag ich dir. Hat eine Nummer da vorne aufs Parkett gelegt, da träumen die alle noch jahrelang von. Ich hätte ihn knutschen können.«

Leise fand Gert Sulima wieder zu seiner Stimme zurück: »Maik Polter. Reden wir von demselben?«

»Maik, unser Maik! Hat für dich eine Brandrede gehalten, da konnte der Becker gar nicht mehr anders, als die Straße zu erden. Hat auch noch erdig gesagt. Das ist vielleicht ein komischer Vogel.«

»Maik Polter? Nee, also der bleibt das Schwein, das er war. Nadja, ihr Frauen seid in euren Gefühlen ...«

Aber Nadja war nicht auf feministischen Streit aus: »Also pass auf, ich geb' dir jetzt Pierre. Der erzählt dir das als Mann. Und wenn du dem glaubst, dass dir hier alle wieder zu Füßen liegen, auch Maik Polter, dann kommste morgen Mittag und das gibt ein Ober-Bohay am Bahnhof.«

Pierre hatte mitgehört: »Klar, Maik bleibt Maik. Aber er hat die Gunst der Stunde genutzt, das muss man ihm lassen. Professionell. Das Verlässlichste an ihm ist eben sein Opportunismus. Und immerhin müssen wir den Opportunismus mit auf die Reise nehmen. Und außerdem: Ohne Opportunismus wüsste unser Druck gar nicht, wo er ansetzen kann.«

»Aber, Pierre,« allmählich klang Gert wieder leicht nach Gert, »kannst du dir vorstellen, warum die die ganze Telefonaktion über Nadja eingerührt haben? Wär' doch faktisch gar nicht nötig gewesen.«

»Hm. Gert fragt,« er hielt das Handy mit einem Finger zu, »warum die nicht einfach das gefälschte Doku in Heriberts Briefkasten getan haben, ohne das Brimborium?«

Nadja nahm seinen Finger vom Handymikro: »Weil Heribert mich am meisten geglaubt hat, in der Tasche zu haben. Und weil sie das einkalkuliert haben, damit er keinen Verdacht schöpft!«

Die Versammlung hatte nach dem ungewöhnlichen Verlauf am Ende Volksfeststimmung angenommen. Am Tresen wurden Schnapsrunden ausgegeben und es war alles, dass die Parteienvertreter nicht untereinander Brüderschaft tranken. Boris Becker stand im Hintergrund der Bühne, klug und interessiert, vor Maik, und nickte ihm gewichtig mit weit aufgerissenen Augen zu.

Beim Rausgehen sprach die entrüstete CDU-Freifrau ihren Parteikollegen, den Graphologen Prof. Bärmeier noch einmal auf die Zweifelsfreiheit der Fälschung an. Nadja konnte nur hören, wie er noch einmal die hohe Kunst dieser Fälschung »eben mit Ausnahme dieser zwei völlig, uncharakteristisch unterschnittenen Bögen beim »ß« hervorhob. Und dann verstand sie noch, dass jemand – aber nicht von der Kirchenleitung – das Gutachten in Auftrag gegeben und merkwürdigerweise sofort bar bezahlt und ihn dabei gleich auf die Bögen beim »ß« aufmerksam gemacht habe, was »beides sehr, sehr ungewöhnlich gewesen« sei. Der glatzköpfige Professor mit der gerunzelten Stirn auf den hellwachen Augen zuckte die Schultern und die Freifrau zuckte ihm nach, schüttelte das hochmütige, frustrierte Gesicht, auf dass der Kinnbehang wedelte. Sie hatte für diesen Abend keinerlei Frage mehr, zumindest nicht die, die Nadja sich immer mehr stellte.

Sie ging mit Pierre – ach was, sie schwebte und ihr Herz spürte sie im Echo der Treppe hüpfen – die Treppe hinab. Die Verabschiedungen waren freundschaftlich, immer wieder gab es einen festen warmherzigen Händedruck von Bürgern und ein »viel Glück weiterhin«. Nadja fragte sich, wie sie nur drei Stunden vorher das alles übersehen und so feindselig eingeschätzt haben konnte.

»So kann man sich irren«, lächelte sie böse, als sie mit Pierre die von wegfahrenden Autos erleuchtete Straße zum Parkplatz vor der Gesamtschule II überqueren wollte. In diesem Moment stockte sie: In der Straßenbucht der Bushaltestelle, hinter einem zwischen den Armen ausgebreiteten, halb herabgesenkten ND erkannte sie jemand. Zunächst wusste sie nicht wen, aber es entlud sich wieder eine wohlbekannte Beklommenheit in ihrer Magengegend. Er stand in einer dichten Menge von Passagieren, die auf den Zusatz-Bus warteten. Da stand er. Sie hatte ihn wesentlich älter in Erinnerung, faltiger, eingefallener. Der hatte ihr in der Karlshorster Speisestube direkt gegenüber gesessen: Schorsch, der Fälscher, bei dessen Namen Heribert immer panisch gestarrt hatte. Er sah sie an. Sie legte den Kopf schief, wusste nicht, wie sie reagieren durfte, aber die Frage war ihr abzulesen. Dann allmählich wuchs aus seinen verschmitzten Augen hinter der Zeitung hervor und in den flackernden Scheinwerfern der sich stauenden und in Schüben abfahrenden Pkws ein sehr kleines Lächeln. Er nickte ihr zu, zweimal, gemächlich, mit halb geschlossenen Lidern.

Sie überquerten die Straße. Beim Autoaufschließen fragte sie Pierre endlich: »Wer war'n des?«

»Hältst du auch dein Maul?«

Pierre prustete pikiert.

»Das war der Fälscher. Einer von denen, die das alles inszeniert haben.«

»Dieser Zonen-Rentner?«

»Dieser Zonen-Rentner!«

Pierre blieb einen Moment stehen, runzelte die Stirn, kniff sich in die rechte Augenbraue, wie oft bei unlösbaren PC-Problemen, stieg wieder aus dem Auto und lief zum Kofferraum zurück. Im Rückspiegel sah Nadja, wie er etwas herauskramte, den Deckel zuschlug und über die Straße rannte, zurück zur Haltestelle, auf die der Bus gerade zufuhr. Sie wollte ihn zurückrufen, aber das wäre ob der Entfernung noch mehr aufgefallen.

Nach zwei, drei Minuten sah sie ihn wieder sehr gemessenen Schrittes und hochgereckt zurückkommen.

»Und? Er war schon weg, nicht wahr?«

»Nicht ganz.«

»Und, was wolltest du von ihm?«

»Ich habe ihm meine Karte gegeben.«

Pierre sagte das ruhig und entschlossen. Der wollte gar nicht zum Bus, sondern trabte in Richtung Bahnhof. Er hat wohl hier an der Bushaltestelle nur auf dich gewartet gehabt. Hat meine Karte dankend angenommen.«

»Komisch, und was soll er mit deiner Karte?«

»Vielleicht haben die in ihrer Seilschaft ja Geschmack an so Aktionen gefunden. Und dann brauchen die fürs Internet bestimmt auch jemand Jüngeres. So ein … Catwiesel, wie mich!«

»Aber das ist jetzt doch vorüber!«

»Ach Quatsch. Das fängt jetzt erst an. Nie mehr nachgeben, ohne nachdenken. Gerechtigkeit ist organisierbar.«

»Halt mich auf dem Laufenden!«